이직만 12번,
평범한 말단에서
부원장까지

쫄지말고 뻔뻔하게 살아라

저자 강희주 _ Profile

- (현) 강남 올바른신경외과 부원장
- 11년차 도수물리치료사
- AT바른척추교정 연구학회 창설 강사

임상경력

강남 도수.교정 의원 센터장 경력
평촌 스마트통증의학과 실장
삼성서울정형외과 실장
안양 정형외과 도수치료실장

자격 및 이수

Proprioceptve Newro basic 이수(고유 수용성 근신경 조절)
PNF course A.B part
KAOMPT (대한 도수치료학회)
OMT kaltenborn- evjenth 이수(대한칼텐본 도수치료학회)
대한 기능교정학회 Basic, Advanced 이수 (카이로프랙틱)
모션 테이핑 학회 trainer과정 이수
Ballance (red cord) basic 이수
(슬링) (측만증 분과 학회) 젠가 슈로스 Basic, Advance, Master course 이수
Newton Academy 3D sling master course Level-1 이수

임상 외 활동

명지대학교 대학원 석사 과정중 휴학
중국 해부학 Cadeva 해부실습 연수
체형 관리지도자 취득
호주 수중치료 견습
아동특수 체육지도사 취득
재활 운동복지사 취득
재난안전지도사 취득
TMJ 오세홍 치의학 박사 특강 참여 (척추 교정 턱관절 장애)

이직만 12번,
평범한 말단에서
부원장까지

뻔뻔하게 살아라 쫄지말고

강희주 지음

R 도서출판 더 로드
The Road Books

잠시의 멈춤일 뿐 곧 좋아질 것이다. 당신이 포기하지 않는 한

많은 사람들이 너무 쉽게 포기한다. 자신이 하고 있는 일에 대한 자신감도 없고, 열정도 없다. 분명 첫 시작은 그게 아니었음에도 자꾸만 목표를 잃고 영혼 없는 동태눈으로 일을 한다. 재미도 없고, 의미도 없다. 그러다 보니 매주 주말만 기다리게 된다. 그렇다고 주말에 뭔가 대단한 일을 하는 것도 아니다. 그저 월요일, 힘든 직장 일을 하기 위해 잠시 쉼을 가질 뿐이다.

주변에서 이런저런 소리가 들려온다. 누구는 뭘 해서 돈을 벌었고, 누구는 어디에 투자해서 돈을 벌었고. 자꾸만 내가 하는 일이 하찮아 보인다. 나도 빨리 그만두고 투자를 해야 할 것만 같고, 브랜딩인지 뭔지 해야 할 것만 같다. 인스타도 해야 하고 마케팅도 해야 하고 배워야 할 것 투성이다.

일단 저질러보자는 심정으로 투자해서 강의를 들어본다. 이것저것 깔짝거리며 해본다. 그러다 포기한다. 아무래도 나한테는 안 맞는 일인 것 같다. 이래서 안 되고, 저래서 안 되고. 눈은 높아지는데 내 몸은, 내 머리는 따라주질 않는다. 이번 생은 틀렸나보다. 헬조선에서 뭘 얻을 수 있겠는가? 자꾸만 모방범죄가 들끓고, 출산율도 떨어지고. 곧 이 나라는 망하려나보다. 망하는 나라에 태어났으니 내가 뭘 할 수 있겠는가?

부정적인 생각은 하면 할수록 끝도 없이 블랙홀 속으로 빨려 들어간다.

"이제 그만!!!!!!!!"

스스로에게 외치자. 비교는 그만하자. 나를 비하하는 말과 행동도 멈추자. 이 세상에 태어난 건 우리의 뜻이 아니었지만 어떻게 살아갈지는 우리가 정할 수 있다. 이왕 사는 거 더 즐겁고 행복하게 살자. 더 이상 남들 눈치 보지 말고, 남 핑계 대지 말고 조금은 뻔뻔하게, 매사에 긍정적으로 살아보자. 때로는 강렬한 도전과 배움의 열정으로 살아가자.

정 없고 사람 냄새나지 않는 강남에서 지금의 부원장, AT 바른 교정 강사가 되기까지 내가 가진 건 오로지 독기와 열정, 긍정적인 마인드뿐이었다. 가진 건 없지만, 신념 하나로 어디를 가도 내가 중심에 서서 이끌어 나갔다. 누군가에게 배워도 그 배움을 그대로 받아들이는 것이 아니라 내 방식으로 바꾸어 나만의 방법을 창조해 냈다. 요령 하나 피워본 적 없고 그저 묵묵히 내 갈길 만 걸었다. 누군가는 나를 바보라고 하기도 하고, 누군가는 나를 어리석다고 비웃었다. 때로는 흔들리기도 하고, 믿었다가 배신당하기도 하고, 가진 전 재산을 모두 말아먹기도 했다.

이 모든 경험 들이 지금의 나를 만들어주었다고 생각한다. 단순히 아픈 부위를 치료하는 것이 아닌, 근본적인 원인을 찾아 더 이상 아프지 않게 잡아드리니 환자들이 늘었다. 그에 따라 내 급여도 올랐다. 위치도 올랐다. 삶의 만족도도 높아졌다.

누구나 처음은 있다. 첫 직장, 첫 사수, 첫 병원. 이때 어떻게 첫 단추를 꿰냐에 따라 달라진다. 첫 단추를 잘 못 끼워도 괜찮다. 두 번째에 다시 되돌아가면 되니까. 다만 힘들다고 포기하지만 말자. 무슨 일이든 그 일에서 내가 최고가 되겠다는 생각으로 임하자.

두려움에 맞서면 곧 친구가 된다. 처음엔 모르는 게 당연하다. 하고 싶은 게 있다면 쫄지 말고 당당하게 시작하자. 원하는 부와 명예는 하는 만큼 따라오게 되어있다. 해보니까 내게 맞지 않는 것 같은가? 그렇다면 시간 낭비하지 말고 그냥 당당하게 포기하면 된다. 그리고 또 다른 것을 찾으면 된다. 모르니까 도전했던 것이지 실패는 아니라는 이야기다.

지금 나는 평일에는 부원장으로서 환자들의 근본치료를 돕고, 주말에는 물리치료, 척추 교정에 대한 교육사업을 진행하고 있다. 내성적인 내가 강의를 하고 사람들과 전국의 의료 체계를 파악해 더욱 자신감이 생겼다. 교육의 부수익으로 월 100~200만 원 정도 여유로운 수익이 생겼다. 수익은 점점 늘고 있어 월 천만 원 이상도 가능할 것 같다. 교육을 듣고 간 선생님들에게 종종 연락이 온다. 학교에서든 어디서든 이렇게 명확한 치료방식에 대해 들은 적도 없는데 직접 하게 되어 너무 감사하다며 밥 한 끼 대접해드리고 싶다고.

혹시 지금 인생이 힘든가? 나에게만 인생의 모든 불행이 들이닥친 것만 같은가?

아니다. 잠시의 멈춤일 뿐 곧 좋아질 것이다. 당신이 포기하지 않는 한 결국 원하는 것을 얻게 될 것이다. 당신의 뻔뻔함을 응원한다.

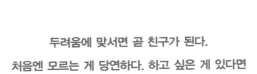

두려움에 맞서면 곧 친구가 된다.
처음엔 모르는 게 당연하다. 하고 싶은 게 있다면
쫄지 말고 당당하게 시작하자.

Contents

차 례

: 쫄지 말고 뻔뻔하게 사는 법칙

[1장] 성공
꿈을 품고 배움의 자세로 임하라

[2장] 일
천직은 내 안에 있다
. . . .

[3장] 관계
때론 뻔뻔하게, 때론 친절하게. 하지만
만만해 보이지는 않게

● ● ● ● ● ●

1부

─────

이직만 12번,
절망 속에서 찾은 빛

*

*

01

"대학 가기 힘들 것 같습니다"

*

"꿈이 있습니까?"

"꿈이 몇 번 바뀌었습니까?"

흔히 꺼내는 면접 질문, 혹은 자기 계발 서적에서 주로 보이는 질문이다. 어쩌면 '어휴 지겨워. 또 같은 질문이네.' 라고 생각할지도 모르겠다. 그럼에도 묻고 싶다. 꿈이 있는지. 꿈을 위해 얼마나 노력했는지.

내 꿈은 지금까지 30번 넘게 바뀌었다. 첫 번째 꿈은 〈테너 가수〉였다. 그러다 운동선수가 되고 싶은 마음에 운동선수로 꿈을 바꿨다. 그런데 어느 날 TV를 보니 가수가 너무 멋져 보이는 게 아닌가? 그때부터 내 꿈은 다시 가수가 되었다. 그렇게 내 꿈은 매 순간 바뀌면서 30번 이상 바뀌었다.

혹자는 말할 것이다.

"그렇게 자주 바뀌는 게 꿈이라고 할 수 있나?

자고로 꿈이라 하면 한 가지 목표를 설정하고 그걸 향해 나아가는 것 아닌가?"라고 말이다. 나는 꿈이라는 게 꼭 한 가지만 선택해야 한다고 생각하지 않는다. 뭐든 하고 싶은 게 있다면 다 꿈꾸고 실행해서 이룰 수 있다고 생각한다. 꿈을 꾸지 않는 게 문제가 되지, 꿈이 여러 번 바뀌는 건 전혀 문제가 되지 않는다.

나는 30번 꿈을 바꾸면서 멋진 미래를 상상했고 행복했다. 단 한 번도 꿈을 꾸지 않은 적이 없다. 뭐든 다 할 수 있을 것만 같았다. 그러다 성인이 되면서 꿈도 철이 들었다. 꿈이라는 것은 그저 꾼다고 다 되는 것이 아니라는 것을 알았다. 꿈도 돈이 있어야 할 수 있다는 것을 알고 난 다음부터는 바로 일자리로 뛰어들었다.

웨이터, 각종 배달업체, 치킨집 알바, 공장생산직 등 안 해본 일이 없었다. 그렇게 미친 듯이 일하면서 돈을 모았다. 그러다 주변 친구들이 하나, 둘 군대 가는 것을 보고 기왕 시작해야 하는 사회생활, 군대부터 얼른 다녀와야겠다는 생각에 입대 지원을 했다. 바로 입대가 가능하다고 해서 육군으로 입대했다.

전역 후에는 외장 패널 막노동 공사장에서 일했다. 외장 패널이란 단열재와 외장재를 동시에 시공할 수 있는 자재인데 보통 외장재로 벽돌이나 스투코 등을 선택하게 되면 단열 패널이 일차적으로 들어가는데 이 단열 패널을 생략하고 외장 패널을 사용하는 것을 말한다. 내가 하는 일은 학교나 회사 등에 네모 모양의 철로 된 패널을 장착하는 것이었다.

그곳에서 나는 제일 막내였다. 그때 당시 일당 7만 원. 매일 새벽 6시에 일어나서 매번 다른 장소에서 소집 문자를 받고 나가면 승합차에 8명이 타고 한 번에 이동하게 된다. '대구 – 구미 – 상주 – 김천' 어디든 이동하여 도착하면 제일 먼저 하는 일이 무거운 재료들 날라서 바로 설치

할 수 있게 세팅하는 것이다. 20대의 팔팔한 힘을 그곳에서 다 쏟고 나면 어느덧 저녁 5시~6시. 그때 퇴근해서 집에 오면 7시쯤 된다.

혼자 살다 보니 거창하지는 않지만 간단하게 저녁을 챙겨 먹고, 운동을 한다. 막노동 일을 하려면 체력이 필수이기 때문에 체력 단련을 위해 매일 2시간씩 운동했다. 외장 패널을 장착하려면 강철 파이프들이 많이 들어가는데 그걸 메고 공사장 외벽 철골 구조물을 오로지 힘으로 클라이밍 하듯 올라가야 한다. 이때 근력이 없으면 진짜 다리가 후들거려서 올라갈 수가 없다. 운동으로 근력을 만들어두어야 내가 살 수 있기에 매일 운동을 빼먹지 않았다.

재료 이동이 다 되면, 용접을 하고 나사를 박아서 철골 구조물들을 설치해야 하는데 용접은 전문가가 한다. 용접을 한 군데서만 하는 게 아니라 여기, 저기서 필요한 곳마다 하는데 한 아저씨가 실수로 전극의 '-' 극을 대지 않고 용접을 한 것이다. 옆에 서 있던 내 몸이 '-' 극이 되어 온몸에 전기가 찌르르 통하는데 정말 죽을 것 같았다. 난간에 매달린 채 온몸이 굳으면서 찌르는 듯 한 통증에 소리도 제대로 지르지 못했다. 다행히 목이 난간 파이프에 걸쳐 떨어지지는 않았다. 높이가 15미터 정도 되었나? 지금 생각해도 후덜덜하다. 떨어졌더라면 아마 난 이 세상에 없겠지.

그 일이 있고 난 후, 트라우마가 생겨 더 이상 일을 하지 못하고 그만두었다. 잠시 쉬면서 또 어떤 일을 할까 이리저리 교차로를 뒤적이는데 누나한테 연락이 왔다. 대학 가보는 게 어떻겠냐고. '내가 무슨 대학이야' 싶었지만, 누나는 계속해서 나를 설득했다. 그 당시 구미1대학에 물리치료학과가 처음 생기면서 입학 조건이 다른 데처럼 높지 않아 괜찮을 것 같았다. 문제는 내가 실업계 고등학교를 졸업하면서 수능도 못 본 상태라 대기 순위 밖이었다.

당시 내놓을만한 서류가 없기에 학과장님을 여러 번 찾아가 부탁드렸다. 늦은 거 알고 배운 거 없지만 누구보다 열심히 공부하고 학교에 보탬이 될 테니 기회 좀 달라고 호소했다. 당연히 될 리가 없었다. 빈다고 될 일이었다면 수능공부를 왜 하겠는가? 그렇게 무한정 기다림이 시작되었다. 30번의 꿈을 꾸었던 그 열정과 패기로 간절히 기도했다.

내 기도가 먹혔던 것일까? 대기 순위 안 사람들이 다른 학교, 다른 학과로 가는 게 아닌가? 정원을 못 채우면 당연히 순위 밖인 나에게도 기회가 올 터! 나는 오직 그것만 기다리고 있었다. "따르릉~" 전화벨이 울리고 나는 천재일우의 기회를 얻었다. 입학 하루 전날 갑자기 오기로 했던 학우가 다른 곳으로 가게 되어 1자리 나게 되었다며 학교에서 연락이 온 게 아닌가? 면접 때 내 이야기가 인상에 남아 연락을 했는데 내일 바로 입학식에 올 수 있냐는 것이다. "감사합니다. 감사합니다." 내내 감사하다고 인사드렸다. 그렇게 나는 대학을 갈 수 있었다.

어렸을 적 누나는 "엄마! 이가 아프면 내가 공부해서 고쳐줄게."라고 자주 말하고 다녔다. 내게는 "엄마 몸이 아프면 네가 고쳐줘."라곤 했었는데 문득 그때 생각이 떠올랐다. 누나의 바람을 들어줄 수 있어서 기뻤다. 학교 다니는 내내 그 생각을 떠올리며 정말 열심히 다녔다. 일하느라 4년이나 늦게 들어와 4살 어린 동생들과 같이 학교에 다녀야 했지만 괜찮았다. 스스로를 낮추고 동생들에게 물어보고 배워가며 학업에 충실했다. 그런 내 모습이 좋았는지, 좀 더 성장하길 바랐던 것인지 교수님은 강의 시간마다 나만 꼭 일부러 불러서 질문하고, 제대로 답변하지 못하면 혼을 냈다. 더 열심히 하라는 뜻으로 받아들이고, 감사한 마음으로 더 열심히 했다.

"대학 가기 힘들 것 같습니다."

만약 내가 이 말에 포기했더라면 어떻게 되었을까? 여전히 공사판을 떠돌며 살고 있었을지도 모른다. 내가 나를 포기하지 않고 끝까지 꿈을 꿀 수 있도록 끌어준 누나에게 감사하다. 30번 넘게 바꿔온 내 꿈에게도.

02

가난과 절박함, 그사이 어디선가

*

　학교 다니는 기쁨도 잠시. 오롯이 학업에만 열중할 수 있는 상황이 아니었다. 집에 손을 벌릴 수 있는 상황이 아니었기에 스스로 벌어야 했다. 먼저 사회생활을 시작한 누나의 도움으로 아르바이트를 시작했다. 치킨집 닭 튀기는 일부터 배달, 일용직, 청소 등 여러 아르바이트를 했다. 입학 전 4년 동안 여기저기 일한 경험이 큰 도움이 되었다.

　단 한순간도 쉬지 않고 일하면서 치열하게 공부했고, 한 번에 국가고시에 합격했다. 다른 사람에게는 당연한 결과이지만 나에게는 기적이었다. 고등학생 때까지 공부에 전혀 취미가 없던 내가 뒤늦게 대학에 가면서 학업에 눈을 떴고, 물리치료사 면허증을 손에 쥘 수 있었다.

면허증을 발급받아 집 근처 동네 의원에 취직하였다. 학교에서 배운 물리치료를 실제로 할 수 있다는 설렘에 첫 출근을 했고, 곧 학교와 현실은 다르다는 사실을 일주일도 안돼서 깨달았다. 공장 생산직에서도 일을 해봤지만 그거보다 더 바쁘게 사람을 찍어내고 있었다. 아픈 부위를 마사지하듯 눌러놓고 다음 사람, 다음 사람을 보고, 남는 시간에는 전기치료 붙이러 뛰어다녀야 했다. 너무 바쁜 나머지 핫팩은 치료사들끼리 멀리서 서로 던져야만 일이 돌아갈 정도였다.

회의감에 빠져 지낸 지 6개월째 접어드는 어느 날, 갑자기 한 줄기 빛처럼 문득 예전 기억이 떠올랐다. 학교 다닐 때 좋은 기회에 중국의 한 병원에서 시체 10구를 해부해 보고 호주 병원에서 물리치료 견학을 했는데 그때 만났던 치료사 선생님이 생각났다. 호주의 수중 물리치료 전문병원인데 웬만한 호텔 수영장은 비교도 안 될 만큼 웅장했다. 그곳에서 고 '사지마비' 환자를 치료하는 것을 보았는데 척추손상으로 마비된 사지가 조금씩 움직이는 것을 봤다. 기적이었다. 보자마자 완전히 반해버렸다. 마치 중국의 화타를 보는듯한 느낌에 나도 그런 치료를 하고 싶다고 생각했다. 유명하신 분이라 세계 여러 나라에서 고치지 못하는 치료가 있으면 비행기 티켓을 보내 제발 와달라고 요청할 정도였다. 그렇다고 자만심에 빠지지 않고, 그저 묵묵히 자신이 해야 할 일을 해낼 뿐이었다.

그의 모습을 바로 옆에서 보며 나는 새로운 꿈을 꿨다. 나도 그처럼 단순 치료 목적이 아닌, 근본적인 치료를 하는 사람이 되겠다고. 매일 기적을 행하는 모습을 보며 마음속으로 깊이 다짐했다.

사실, 처음에는 그저 취직해서 돈 벌어야겠다는 생각뿐이었다. 쉽게 취업하고, 초봉도 높다고 해서 '돈'에 대한 기대감에 시작했지만, 막상 시작한 물리치료사라는 직업이 너무 매력적이었다. 남들과 같은 시간 때우기식의 직업으로만 남기고 싶지 않았다. 그래서 더더욱 내가 꿈꾸던 사람이 되고 싶었고, 그러기 위해서는 제대로 된 사람에게 배워야 했다.

중국 병원에서의 기억은 예전의 내 꿈을 깨워주었고, 더 이상 이곳에서는 내 꿈을 이룰 수 없을 거란 생각에 떠나기로 결심했다. 그런데 막상 떠나려니 어디를 가야 할지 막막했다. 다시 해외로 가기는 힘들고, 국내에서 내가 배울 수 있는 곳을 찾기 시작했다. 여기저기 수소문해서 찾은 곳. 전북 진안이라는 곳이었다. 이곳에 마스터 한 분이 있다고 해서 찾아가서 배우면서 일하기로 했다.

다니던 병원을 정리하고 바로 진안으로 날아갔다. 처음 가보는 곳이라 낯설었지만 곧 적응했다. 그곳에서 7개월 동안 일하면서 배웠다. 하지만 이곳도 내가 찾던 곳이 아니었다. 그 사람이 이 글을 본다면 화가 날지도 모르겠지만, 여기도 이전병원과 같이 누가 와도 할 수 있게 루틴적으로 찍어내는 곳이라 솔직히 실망했다. 평가분석 있는 치료적인 도수치료를 배울 거라 생각했는데 그냥 주무르는 마사지였다.

여기서 '그냥 마사지'와 '도수치료'의 차이점을 명확히 알고 가자. 간혹 돈을 벌 목적으로 병원에서 치료사들을 데리고 마사지를 받을 환자들을 영업하곤 한다. 이 마사지는 말 그대로 아픈 곳을 문지르고 비벼서 풀어주는 것을 말한다. 실손 보험 청구가 가능하다보니 환자들도 부담 없이 1~2만원이면 받을 수 있어 마사지 해주는 곳이 좋은 곳인 줄 아는 경우도 많다. 그런데 문제는 마사지받을 때는 시원할지라도, 결국 근본적인 치료는 되지 않는다는 것이다. 평가분석을 통해 근본원인을 찾아서 도수치료를 해주어야 낫는데, 그저 문지르고 비비다 보니 간혹 건드리지 말아야 하는 곳을 건들기도 하고, 오히려 근육이 놀라서 통증이 더 많이 오는 경우도 있다. 실제 우리 병원에 오는 환자들 중 마사지를 잘못 받고 더 아파서 오는 환자들이 20%는 된다.

이곳도 '그냥 마사지'를 주로 하는 곳이었던 것이다. 배우기 위해 간 거라 내 노동력과 함께 돈까지 지불했는데 더 이상 계속하는 건 시간 낭비라 판단했다. 다시 짐을 싸서 무작정 서울로 향했다.

한참을 구직사이트를 돌아다니며 찾은 한 병원. 기숙사를 주는 곳으로 월급은 적었지만, 이곳에서 좋은 은인을 만나게 된다. 내가 인정한 동갑내기 첫 실장님이었다. 이곳에서 제대로 배울 수 있었고, 내가 꿈꾸던 물리치료사로 한 걸음 다가갈 수 있었다. 꿈을 가득 채우고 열심히 배웠다.

얼마 지나지 않아 갑자기 동갑내기 실장이 이직한다고 했다. 이유를 물어보니 공부도 더 하고 싶고 대학원등록과 동시에 학회에 들어가서 제대로 근, 골격 도수치료 공부를 하고 싶다는 것이다. 나에게도 직장은 같이 갈 수가 없겠지만 공부할 마음이 있으면 언제든지 연락하라고 했다. 학회에 추천을 해준다면서 말이다. 이때부터 나의 진짜 물리치료가 시작된다. 당장 그 실장을 따라갈 수는 없었지만 앞으로 어떻게 해야 할지 인생 설계를 할 수 있었다.

실장이 퇴직 후 나도 얼마 안 가 퇴직하고 경기도 안양으로 이직했다. 조건이 좋아서 가게 되었지만 살던 기숙사를 나오면서 보증금이 부족해 집을 구하지 못하고 고시원에서 시작하게 되었다. 반 평 남짓 하는 작은 고시원에서 잠잘 공간도 부족해 쪽잠을 잤다. 참고로 나는 키가 183cm에 몸무게 90kg이다.

첫 고시원 생활은 순탄치 않았다. 다리를 다 펴고 잘 수가 없어서 옆으로 쪽잠을 잤고, 옆방에서는 코 고는 소리가 들려 매일 잠을 설쳤다. 기본적인 생활조차 힘든 곳이었지만 그곳에서 나는 2년 6개월을 살았다. 쉬는 날이나 명절에도 고향에 가지 않았고, 친구들도 만나지 않았다. 오로지 일과 공부에만 집중했다. 돈을 모아야 했고, 최고의 치료사가 되어야만 했다.

그저 돈만 많이 버는 사람은 되고 싶지 않았다. 환자를 가족처럼 생각했기에 그들의 통증을 줄여주고 싶었다. 오로지 나로 인해 병원의 이름을 알리고 크게 키우고 싶다는 일념 하나뿐이었다. 그렇게 나는 학회에 참가해 임원으로 인정받았고, 급여를 모아 내 집을 구할 수 있었다.

가난과 절박함은 나를 멈추지 못했다. 오히려 연료를 무한정 지급해 주는 원동력이 되어주었다. 조금씩 성공으로 다가갈 수 있었다.

03

시체 10구 해부로 인체의 신비를 경험하다

*

2010년 5월. 대학에서 중국 연수를 보내준다
고 했다. 의료 관련 학과마다 5명씩 선발해서 갈 수 있었
다. 몸으로 때우며 열심히 공부하는 모습을 보여준 결과인
지 학과장님 추천으로 운이 좋게도 내가 그 5명에 포함되
었다. 어찌나 기쁘던지 떠나기 전날 밤 잠이 오지 않았다.

중국은 처음 가는 거라 두려움 반, 설렘 반으로 떠났다.

엄청난 기대감에 도착한 중국은 첫날부터 날 힘들게 했
다. 음식이 입에 맞지 않아 식사 시간마다 곤욕이었고, 중
국인에 대한 안 좋은 인식으로 인해 괜스레 몸이 움츠려지
고 겁이 났다.

호텔에 짐을 풀고 첫날은 가볍게 관광을 했는데 벌레를 구워서 파는 것을 보고 문화충격을 받기도 했다.

하긴 우리나라에도 번데기를 팔고, 개고기도 먹으니 다른 나라 사람들이 봤을 때 충격일지도 모르겠다. 두리번거리며 구경하고 있는데 갑자기 중국인이 달려들어 신발에 착용하면 롤러로 변하는 물건을 "한궁뜬마넌(한국돈으로 만원)"을 외치며 들이미는 것이 아닌가.

너무 달려드는 바람에 거절할 수가 없어 결국 구매했다. 신발에 묶고 타고 다녔는데 롤러가 되어 어찌나 잘 굴러가는지! 정말 중국은 못 만드는 게 없나 보다.

호텔로 돌아와 각 학과별로 인사를 했다. 중국은 술이 굉장히 저렴했는데 무제한 마실 수 있도록 술을 제공하는 게 아닌가? 신나게 부어라 마셔라 하다 보니 작업치료과와 물리치료과만 남게 되었다. 이때 작업치료과에서 아는 동생이 물리치료과는 술도 못 마신다는 이야기를 해 갑자기 작업치료과와 술 배틀을 하게 되었다. 술을 병째 들고 쉬지 않고 마신결과 무승부. 그때 작업치료과에 붙었던 형과는 많이 친해지면서 한국에 와서도 자주 만났다.

다음날 바로 시체 해부를 보러갔다. 처음에 시체를 보는 사람들은 놀라서 토하기도 하고 정신적 충격을 받기도 한다고 한다. 그래서 전날 일부러 릴렉스 하라고 술을 준다고. 우린 그것도 모르고 서로 이기려고 마셔댔다는 생각에 괜스레 부끄러웠다.

해부실에 들어서면 가장 먼저 시체들에게 묵념을 한다. 돌아가신 분에 대한 예의를 표시하는 것이다. 이후 실습을 진행하게 되는데 이때 절대 눈을 건들지 못하게 한다. 눈을 감은 이 세상에 없는 분들이기에 최소한의 예의를 지키는 거라고 했다. 눈 빼고는 정말 모든 장기를 하나하나 다 해부해 보았다. 뇌도 열어보고 장기도 하나씩 다 꺼내보고 심장, 혈관, 신경까지 모두 메스(MESS)로 잘라보았던 거 같다.

그저 책으로만, 영상으로만 보던 장기를 실제로 만져보고 느끼면서 정말 많이 배웠다.

물리치료라는 게 사람의 장기를 만지거나 메스를 잡는

일과는 거리가 멀지만, 신체를 다룸에 있어 어디에 무엇이 있는지 알면 좀 더 섬세하게 만질 수 있다. 그때의 경험으로 인해 손 감각을 예민하게 만들 수 있었고, 실제 치료하는 데 큰 도움이 되었다. 피부의 텐션이나 근육의 텐션, 사람마다 분포된 신경의 위치가 다르다는 것 까지도 나에겐 매우 유익했던 것 같다.

가끔 치료를 하다가 막히거나 어려울 때는 그때를 떠올린다. 해부했던 신체 장기, 근육, 신경, 피부 하나하나를 떠올리며 심상화 하면 거짓말같이 어떻게 해야할지 머릿속에 그려진다. 사실 그 당시 실습비용이 만만치 않았기에 학생신분에 부담이 컸었다.

'내가 사치 부리는 건 아닐까?'

'내 생각이 잘못된 건 아닐까?'

'도움이 안 되면 어떡하지?' 등 포기할까도 생각했었다.

중국에서 지내는 기간 동안에도 가시방석처럼 불안했다. 여기서 제대로 배워야 한다는 압박감도 상당했다.

역시나 그때의 선택은 탁월했다. 그때의 경험은 내게 본

전을 초월해 몇 십억 이상의 이익을 가져다주었다.

살까, 말까 망설인다면 사지 마라. 다만, 할까 말까 망설인다면 지금 당장 해라. 갈까 말까 망설인다면 바로 가라. 일단 행동하고 생각하자. 어떤 경험이든 내게 깨달음과 도움을 준다는 것을 잊지 말자.

04

지하 1층도 아닌 지하 2층에서 살다

＊

지하 2층. 내가 사는 곳이다.

햇빛 하나 들어오지 않고 습한 곰팡이 냄새와 시력을 잃은 듯한 어두컴컴한 곳. 형광등 불빛 없이는 아무것도 볼 수 없다.

구석에 누워 멍하니 하늘을 바라보는데 갑자기 눈물이 났다.

어쩌다 내가 여기에 살게 된 것일까? 속상했지만 원망할 수 없었다. 내 잘못으로 벌어진 일이기에.

누군가에게 호의를 베풀다 제대로 코 꿰어서 보증금 없는 지하 2층 셋방살이의 삶으로 뚝 떨어졌다. 그저 호의였고, 정말 잘 되었으면 하는 바람이었다. 그 바람이 상대에게는 이용할 가치가 되었는지 나를 이용했고, 나는 사이가 멀어지는 것을 원치 않아 그 사람에게 모든 것을 넘기고 떠날 수밖에 없었다. 그건 그 사람의 탓이 아니었다. 오로지 내 자만심으로 인해 벌어진 일이다. 그까짓 것 이직해서 또 벌면 된다고 생각했다. 그 자만심으로 모아놓은 자금 하나 없이 이사했고, 지하 1층도 아닌 지하 2층 살이가 시작되었다. 아무에게도 보여주고 싶지도, 이야기하고 싶지도 않은 끔찍한 공간이었다. 햇볕이라도 들어오는 곳이라면 어디든 가고 싶었다.

1층에서 지하 2층에 내려갈 때면 동굴로 내려가는 기분이다. 영화 〈기생충〉처럼 아래로, 아래로 내려가는 느낌은 그다지 좋지 않았다. 하루 종일 밖에서 시간을 보내다가 잠잘 때가 되어서야 집에 들어갔다. 그저 너무 피곤하면 몸이 무거워 잠시 잠을 자는 공간일 뿐, 그 이상도 그 이하도 아니었다. 공기가 통하지 않아 곰팡이 설은 퀴퀴한 냄새도 싫었다.

햇볕 한 줌 들어오지 않아 선선했지만 덕분에 빨래는 항상 마르지 않았고 덜 마른 냄새나는 옷을 입고 출근해야 했다. 내 보금자리 바로 옆에는 노래방이 있었는데 노래방 주인이 쓰지 않는 소파를 버리려다가 나에게 누워서 자라고 제공해 주었다. 고마웠다. 돈 한 푼 아쉬웠던 내게 그런 배려는 감사했다. 바로 집으로 들고 와서 사용했다.

가끔 노래방에 출근하는 분들이 술에 취해서 문을 두드리며 "맥주 같이 마시자"라며 소리 지르면 없는 척 소리를 죽이고 있기도 했다.

내가 사는 곳과 반대로 병원은 양지였다. 밤새 지하의 흙냄새에 취했다가 아침이 되면 병원에 가서 힐링했다. 밝게 인사하는 직원들, 치료 잘해줘서 고맙다고 인사하는 환자들, 일 잘한다고 칭찬과 인정을 받는 이곳에서 힘을 얻고 살 수 있었다.

비록 사는 곳은 누추했지만 누구에게도 쫄리지 않고 당당했다. 언제 이런 곳에서 살아보겠는가? 지금이 아니면 또 언제 해보겠는가? 이런 시간이 있기에 미래는 더 밝으

리라 생각하며 행복한 미래를 그렸다.

어느 날, 대학 동기이자 친한 친구가 전라남도 고흥에서 서울 직장 앞까지 내 얼굴을 보러 왔다. 내 사정을 어느 정도 알고 있어서인지, 그날 같이 담소를 나누고 우리 집이 아닌 가까운 숙소를 잡아도 아무 말도 하지 않았다. 그곳에서 한참 이야기하다 잠들었고 나는 새벽같이 일어나 출근했다. 친구는 그 길로 고향으로 돌아갔다.

며칠이 지났을까? 통장에 찍힌 300만 원과 친구의 문자가 내 머리를 세차게 때렸다. '이걸로 일단 보증금 해서 이사를 해라. 안 갚아도 된다.' 라는 문자였다. 나보다 훨씬 적은 월급을 받으며 일하는 친구가 무슨 돈이 있어 내게 주었을까? 그 마음을 알기에 숨죽여 눈물 흘렸다. 내가 반드시 성공해서 꼭 이 친구를 스카우트하리라 결심했다. 지금 다니고 있는 직장이 성장하기에 한정적인 곳이라는 것을 알고 있었기에 기회를 만들어주고 싶었다.

다행히도 나는 후에 좋은 원장님을 만났고, '강남 3호점' 실장으로 친구를 초대할 수 있었다. 친구는 이곳에서 결혼까지 골인했다.

지하 2층에 살았던 1년은 내게 많은 것을 알려주었다. 가장 낮은 곳에서의 안 좋은 환경 속에서도 꿋꿋이 버텼고, 오직 목표만을 향해 전진했다. 이곳은 잠시 머무는 곳일 뿐 영원히 살 곳이 아니라 생각하며 단지 과정이라고 여겼다. 그 생각들은 나를 계속해서 머무르지 않게 했고, 계속 성장할 수 있게 해 주었다.

05

가장 나이 어린 실장이 되다

*

내가 꿈꾸던 물리치료사가 되기 위해 수많은 곳에 배움을 요청했고, 맨 몸으로 뛰어들어 차곡차곡 쌓았다. 그 덕이었을까? 나를 알아봐 주는 원장님을 만나 실장이라는 직함을 달게 되었고 새로 오픈하는 병원에서 같이 시작하게 되었다.

개원 병원이다 보니 치료사를 여러 명 모실 수 없어 나 혼자만 치료사로 일했다. 직원 수는 적었지만 실장이었기에 묵직한 책임감을 느끼고 임했다. 처음에는 환자 수가 적어 혼자서도 모달리티, 운동치료, 도수치료가 가능했다. 신나게 환자분들과 대화하면서 잘 치료한 결과 환자가 점점 늘어나 더는 혼자서 할 수 없는 상황이 되었다. 바로 구인 광고를 올렸고 나보다 4살 많은 운동치료를 맡아줄 물리치료사 선생님과 함께하게 되었다.

나보다 나이가 많음에도 "실장님, 실장님" 하며 꼬박꼬박 존댓말을 하고 존중하는 태도에 나 또한 존중으로 대하며 더욱 열심히 했다. 우리 둘은 참 잘 맞았다. 척하면 척이었다. 내가 환자의 통증 유발 원인을 찾아서 치료해 주면 선생님은 운동치료로 마무리하며 환자의 만족도를 높였다. 그저 통증만 없애주는 것이 아닌 근본원인을 찾아서 일상생활을 편안하게 할 수 있도록 하는데 초점을 맞췄고 치료 스타일까지 잘 맞아 환자도 빠르게 호전되었다.

환자는 더욱 늘었다. 자연스레 직원이 부족해 모달리티만(전기치료) 해주실 선생님을 구인하게 되었다. 얼마 지나지 않아 도수치료 선생님 한 명이 더 필요했다. 여기서 고민이 되었다. 물리치료사는 경쟁심리가 굉장하다. 특히 같은 업무를 하는 경우 환자당 인센티브제도를 주로 적용하기 때문에 겉으로는 서로 돕는 듯하지만 속으로는 엄청난 시샘과 질투가 숨겨져 있다. 그러다 보니 신중해질 수밖에 없었다.

고민한 끝에 공고를 올리지 않고 고등학교 선배이자 대학교 동기인 형에게 월급 2배와 좋은 조건을 약속하고 같이 일하기로 했다. 친한 형이니 더 잘 지낼 수 있을 것이라 생각했다. 그 당시 월세 45만 원 오피스텔에 함께 살기로 하고 형의 기숙사에 가서 짐을 같이 챙겨왔다. 그렇게 나는 나이가 제일 어린 실장이 되었다.

병원에 대한 나의 애정은 남달랐다. 병원 개원과 함께 제일 먼저 출근하고 제일 늦게 퇴근하는 생활은 직원이 늘고, 병원이 커져도 계속되었다. 환자 차트도 다른 곳과 차별화 되게 우리만 보는 차트가 아닌 환자분들도 진행 상황을 알 수 있게 개발해 만들었다. 보통 차트는 의료진들이 보기 위해 기록한다. 그러다 보니 전문용어가 많고, 환자들은 자신의 치료가 어디까지 어떻게 진행되었는지 알지 못한다. 그래서 담당 선생님이 중간 상담을 통해 지금까지 치료한 것, 앞으로 치료할 내용을 브리핑 하는 곳도 있다.

나는 그것도 좋지만 환자들이 직접 자신의 치료가 어떻게 진행되는지 볼 수 있으면 좋을 것 같다고 생각했다. 그래서 나 또한 그동안 노하우를 바탕으로 필요한 항목들로 구성해 만들어서 공유했고, 환자들의 만족도가 굉장히 높다.

병원 구석구석 환자나 직원들 그리고 원장님 까지 진료하기 편하도록 중간에 인테리어 도면을 직접 그려내 4박 5일에 걸쳐 인테리어까지 했다. 초기진단진료를 하고, 치료실로 보통 이어지는데 이 동선이 복잡하게 꼬여있다 보니 환자도, 직원들도 불편해했다. 여기에 탈의실을 설치하면서 그 불편함을 줄였다. 동선이 짧아지니 환자 순환도 빨라졌고, 매출도 늘었다.

그뿐 아니다. 내 손끝이 안 닿은 곳이 없을 정도로 하나하나 시스템을 만들었다. 기준을 정하고, 누구나 보고 쉽게 따라 할 수 있도록 매뉴얼도 만들었다. 무엇보다 환자들의 만족도가 높았다. 아무리 병원을 다녀도 낫지 않던 통증이 우리 병원에 오면 짧은 시간 안에 완치가 되면서 소개가 이어졌고, 주변 병원의 환자들까지 모두 우리 쪽으로 넘어왔다. 그중 입김 센 분들이 여기저기 소문을 내면서 병원은 포화상태가 되었다.

이때부터였을까? 가장 어린 내가 실장이 되면서 자신감이 자만심으로 바뀌었던 것 같다. 나도 모르게 내가 가장 잘하고 가장 잘 안다는 생각이 머릿속에 자리 잡으면서 바쁠 때는 설명할 시간 없이 하던 대로 해달라는 간단한 말로 넘기는 일이 많아졌다. 너무 바쁘다 보니 빨리 환자를 순환시켜야 했기에 예민해졌고, 그 와중에 친절하지 못한 형을 보며 화가 났다. 나 또한 바빠서 제대로 봐주지 못했으면서 형에게 소리를 쳤다. 분명히 좋은 사람이고 앞뒤 사정이 있었을 텐데 알아보지 않았다. 당연히 형은 그런 나를 좋은 감정으로 바라볼 수 없었을 것이다. 그렇게 우리 사이는 조금씩 삐걱거리기 시작했다.

형과 나는 어느 순간부터 직원들과 형, 나 사이에 미묘한 기류가 흐르기 시작했다. 분명 내가 실장임에도 내가 모르는 일들이 생기기 시작했다. 직원들은 나보다는 형이 편했는지 실장인 나를 배제하고 형에게 보고했고 형은 내게 일언반구 없이 직원들에게 지시했다. 권력의 맛을 알게 된 것인지, 원래 형의 성격인지는 모르겠다.

처음에는 직원들도 편해서 형에게 보고했지만 형의 태도 변화로 나중에는 힘들어했다고 한다. 단순 지시에서 '명령'으로 바뀌면서 형과 자주 다투었고, 몇몇 직원들을 형 말만 듣고 이직시키기도 했다. 형보다 나이가 많은 직원들도 몇 명 있었는데 나이 상관없이 명령을 했다. 아무리 직장 내 나이는 상관없다지만 그런 모습이 보기 좋지 않아 여러 번 형과 대화하고 당부도 했지만 소용없었다.

결국 퇴직한 직원들이 여럿이 되면서 몇 번 연락을 하고 밥 한 끼 함께 했다. 그러다 알게 된 사실. 알고 보니 자신보다 어린 내가 실장으로 잘나가는 모습에 질투가 났던 것 같다. 혼자 시작한 병원이 환자가 늘고, 병원이 커지면서 지역에서 잘나가는 병원이 되고, 유명 병원이 되었다. 그 병원의 실장직은 사실 누구든 욕심이 날만하다. 형은 자신을 스카우트 했지만 나를 언제나 견제하고, 내 자리를 차지할 기회를 엿보고 있었다.

내가 보지 않을 때 뒤에서 직원들과 이간질을 하고 나와 원장님을 이간질해 더 이상 버텨낼 재간이 없었다. 어떻게든 결론을 내야 했다. 형을 내보내고 다시 일으켜 세워볼까도 생각해 봤다. 그때 오픈멤버였던 간호 실장, 방사선실장인 형, 누나들이 내 편에 서주었다. 이런 상황에서 원장님은 왜 가만히 있는 거냐며 중재해줘야 하는 것 아니냐며 쓴소리를 했다. 만약 원장님도 그 형의 편을 든다면 함께 나가겠다고 모두 사직서를 냈다. 마음은 감사했지만 나 하나만 그만두면 되는 일이었는데.. 미안하면서 고마웠다. 생각해보니 형이 실장이라면 아무 문제 없을 텐데 나라는 존재가 아마 거슬렸을 것이다. 이대로 계속 가다가는 내가 만든 병원이 무너지는 모습을 봐야할 것같았다. 고민에 고민 끝에 형에게 실장자리를 넘기고 내가 그만두기로 했다.

그렇게 나는 오픈 멤버로서 실장 중의 실장인 물리치료 실장직을 내려놓고 퇴사했다. 어린 나이에 실장이 되어 모든 것을 누렸지만 하루아침에 그만둬야 했던 시간. 그 속에서 깨달은 게 있다. 벼는 익을수록 고개를 숙이듯이 자만심에서 벗어나 더욱 배우고 겸손한 마음으로 임해야 한다는 사실을 말이다. 그리고 조직관리는 그 무엇보다 중요하다는 사실도 함께.

비록 그만두고 나왔지만 어디를 가든 실장직으로 취직할 수 있었다. 이직을 하고 나서는 말과 행동을 조심하고 겸손한 태도로 임했다. 다른 무엇보다 조직관리 시스템 구축은 필수로 했다. 그렇게 어린 나이에 실장직은 계속되었다.

06

내가 12번 이직한 이유

*

　나는 물리치료사다. 현재 우리나라 물리치료사는 의사 지도하에 치료하도록 되어있다. 신경계병원도 근, 골격계 병원도, 소아 물리치료도 모두 의사 오더하에 치료하게 되어있다.

　물리치료사가 진단에 참여할 수 있는 방법은 '평가분석'이다. 평가분석은 신체의 신경학적 반응, 근육의 반응, 관절의 반응들을 이끌어내어 환자마다 각기 다른 힘이나 관절 각도를 분석하는 것으로 통증의 정확한 원인이 있는 곳을 찾아내게 된다. 의사가 병변이나 통증 부위를 확인하고 오더를 내리면 치료사가 평가분석 후 치료를 하는 것이다.

통증 부위가 '팔꿈치'라고 해도 아프게 하는 원인은 다른 데 있을 수 있다. 이는 테스트를 해보고 분석을 해보아야 실질적인 원인을 찾아 근본적인 치료를 할 수 있다.

"팔꿈치가 아팠는데 목을 치료했더니 바로 나았어.", "발바닥 통증이 이었는데 어깨를 치료했더니 나았어."라는 말 들어본 적 있을 것이다. 아픈 부위와 실제로 통증을 유발하는 곳은 완전히 다르기 때문에 정확한 분석이 필요한 이유다. 내가 아는 한 치료는 절대 우연이란 게 없다. 이런 분석을 하지 않고 그저 의사가 오더 내리는 대로만 해서는 절대로 병이 나을 수 없다. 헛발질만 하는데 무슨 소용이 있겠는가? 근본 원인을 찾아 제거하고 치료해야 '진짜 치료'라고 할 수 있다.

하지만 진짜 치료를 하는 곳이 많지 않다는 게 안타깝다. 근, 골격 신규 병원들이 나날이 늘어가며 평가분석 없는 통증 부위 마사지 오더를 내리는 곳이 많아지고 있다. 그저 통증만 없앨 뿐 실질적인 치료가 아니기에 환자는 계속 방문할 수밖에 없다. 그게 과연 치료라고 할 수 있을까?

내가 근무했던 12개의 병원 중 반인 6개의 병원이 평가 분석 없이 치료하고 있었다. 제대로 배우고 싶어 이직하고, 제대로 치료하고 싶어 이직하고 그러다 보니 12개의 병원을 근무하게 되었던 것이다.

그중 사직서를 정말 말 그대로 '던졌던' 기억에 남는 병원이 있다. 말단 8번 도수치료 방에서 단 일주일 만에 1번 방까지 단숨에 올라갔던 곳이다. 번호 순서는 실력자에서 말단까지 나눈 것으로 1번이 가장 실력이 좋다고 보면 된다. 당시 배우고 익힌 대로 내 모든 노하우를 남김없이 발휘했고, 일주일 만에 환자들의 반응이 터지면서 풀타임 20타임(하루 30분씩 20명)을 채울 수 있었다. 이건 엄청난 사건이었다. 최소 1달, 오래 걸리면 3달을 해야 풀타임이 잡히는데 단 일주일 만에 이루었으니 병원에서 내게 거는 기대도 그만큼 높아졌다.

몸은 1번 방이었지만 직책은 일반 직원이었다. 직책에 크게 욕심이 없었기에 묵묵히 내 할 일만 열심히 할 뿐이었다. 그곳에서 좋은 사람들을 많이 만났다. 직원 간에 사이가 좋아서 정말 끈끈한 정으로 일했다.

일한 지 1달 정도 되었을까? 동료 2명이 단 하루아침에 사직 통보를 받았다. 보통 권고사직을 하면 2~3달 정도 유예를 주는데 당장 내일부터 출근하지 말라는 게 아닌가? 이게 무슨 경우인가 싶어서 원장님께 쫓아가서 따졌다. 내 일은 아니었지만 내 일이나 마찬가지였다. 이렇게 쉽게 사람을 내치는 병원은 오래 일하고 싶지 않았기 때문이다. 나도 나가겠다고 했더니 나를 붙잡았다. 딱 한마디 했다.

"저는 사람 함부로 대하는 곳에서 일하고 싶지 않습니다. 있어 봐야 나쁜 감정만 생길 것 같은데 남아있는 동안 행패 좀 부려드릴까요?"

너무도 이해하기 힘든 상황이라 강하게 말했다. 그땐 그러고 싶었다. 아무리 실력이 좋지 않다고 해도 병원에 해를 끼칠 정도의 문제를 일으킨 것도 아닌데 당일 통보는 아니라고 생각했다. 적어도 대화를 통해 바꿔 나갈 노력이라도 해야 하지 않았을까? 함께 일하는 동료를 소중하게 생각하지 않는 곳은 아무리 실력이 뛰어나서 사랑받고 있다고 해도 나 또한 그렇게 되지 않으리란 보장이 없다. 그리고 그런 곳은 오래 일하기 힘들다. 환자 또한 점점 떨어져 나가게 된다.

내가 너무 강하게 말하자 원장도 나를 더 이상 잡지 못하고 그냥 나가라고 했다. 그때부터 정착하지 못하고 여기저기 다니며 총 12번이나 이직했다. 바꿔 말하면 12번이나 제대로 된 병원을 찾지 못했다. 사람이 괜찮으면 병원이 잘 안 맞았고, 병원이 배울만하고 괜찮으면 사람을 함부로 대했다. 다행히 이직할 때마다 실력도 오르면서 연봉도 올랐다. 주변 사람들은 "너무 자주 옮겨 다니는 거 아니냐?", "너 보러 가려면 이러다 전국 일주하겠다."라며 뭐라고 했지만 나는 전혀 신경을 쓰지 않았다. 그 시간들이 있었기에 그동안 찾던 '꿈'의 병원을 만날 수 있었고, 제대로 정착할 수 있었다.

이직을 많이 한다고 해서 나쁜 게 아니다. 절이 싫으면 중이 떠날 수밖에 없다. 그것도 싫으면 내가 절을 차리면 된다. 중요한 것은 쉽게 포기하거나 단순히 어린 치기로 쉽게 그만두지는 말아야 한다. 나는 12번 이직했지만, 그때마다 더 성장했다. 옮긴 병원마다 장단점이 극명했고, 장점만 흡수해서 내 것으로 만들었다. 그래서 현 직장에서 1년 만에 빠르게 부원장이 될 수 있었다.

지금 다니는 곳이 마음에 들지 않는가? 분명 그중 배울 점은 있을 것이다. 그걸 완전히 내 것으로 만들자. 그런 다음 이직해도 좋다. 이직을 '내 역량을 채우는 기회'로 삼아라. 원하는 곳에서 원하는 포지션으로 일할 수 있게 될 것이다.

2부

쫄지 말고
뻔뻔하게 사는 법

*

*

1장

성공

꿈을 품고 배움의
자세로 임하라

*

01

쓸데없는 자존심 앞에 배움을 놓치지 말자

*

마포구 한 병원에서 근무할 때이다. 당시 병원에 20대부터 60대까지 다양한 연령대의 직원들이 있었는데, 60세 넘으신 물리치료사 선생님께서 갑자기 쉬는 시간에 찾아오셨다. "치료방식이 조금 남다른 거 같은데 시간 날 때마다 찾아올 테니 알려줄 수 있나요?"라고 내게 물었다. 나는 흔쾌히 쉬는 시간에 오시면 알려드리겠다고 했다.

점심시간은 1시간. 식사를 마치면 30분이 남았다. 보통 이 시간은 오롯이 쉬는 시간인데 이 시간을 반납하고 매일 알려드렸다. 나이가 어린 사람에게 배움을 요청하기 쉽지 않을 텐데 어떻게든 배워서 성장하겠다는 마음이 너무 멋졌다. '어떻게든 환자 한 명 넘겨서 시간 때우고 월급만 받으면 되지'라고 생각하는 사람들을 많이 봤는데 이분은 생각 자체가 달랐다. 나이만 많을 뿐 MZ세대보다 훨씬 깨어 있는 분이었다.

분명 알려주는 건 난데, 내가 더 많은 것을 배웠다. 물리치료 기술을 알려주면서 그분이 살아왔던 경험과 노하우들을 배우면서 세대가 다르지만 거리가 좁혀짐을 느꼈다. 나도 30년 후 배울 점이 있다면 어린 친구에게 먼저 다가가 배움을 청할 수가 있을까? 아랫사람이 윗사람에게 "가르쳐 주세요"라는 말을 하면 윗사람은 아주 기뻐한다. 반대로 윗사람이 아랫사람에게 "좀 가르쳐주지 않을래?"라고 하면 더 기쁘지 아니한가. 언젠가는 누구에게 알려줄 날이 올 것이다.

안양에서 근무할 때였다. 그 당시 코로나 전이라 마스크를 쓰지 않고 일할 때였는데, 고등학생 2학년 환자가 허리가 아파서 병원에 왔다. 부모님께서 걱정되셨는지 따라와서 치료하는 것을 보겠다고 하시고 내가 진료하는 것을 지켜보았다. 그리고는 작은 소리로 말씀하셨지만 들리게 "나이가 어려 보이는데 저분이 치료한다고?"라고 했다. 동안까지는 아니었지만 그 당시 나이가 28살로 척추 교정치료하기에는 어리기도 했고, 왠지 그런 소리를 듣는 게 조금은 두려웠다. 불쾌하기보단 사람들의 시선을 받는 게 힘들었다. 치료에 집중해야 할 시간에 시선을 신경 써야 하는 게 싫었지만 느껴지는 시선을 마냥 무시할 수도 없었다.

어려 보이는 것과 치료를 잘하는 것은 아무 상관이 없지만, 사람들은 보이는 것 그대로 보며 평가한다. 지금은 그런 말 들어도 허허 웃으면서 "제가 어려 보이시나 봐요? 이거 성공했는걸요?"라며 넘길 수 있는데 그때는 환자들의 반응 하나하나에 다 반응했다. 그때부터 무조건 마스크를 써야 치료가 손에 잡히기 시작했다.

나는 배움에 대한 열정이 남다르다. 남들보다 조금 늦게 대학에 갔고, 공부와는 상관없이 살던 내가 물리치료학과를 나오면서 제대로 배워 제대로 하고 싶다는 욕심이 생겼다. 거리를 불문하고 배울 수 있는 곳이라면 어디든 찾아 갔다. 학회 스승님이 근무하는 병원을 찾아가서 치료하는 것을 먼발치에서 구경하며 익히고, 모르는 게 있으면 무조 건 찾아가서 밥 사드리고 술을 사드리고 물어서 내 부족한 부분을 채워갔다.

가끔 괜찮아 보이는 병원에 환자인척 찾아가서 치료를 받아보기도 했다. 치료사로서 배우는 것과 환자로서 느끼 는 것은 완전히 달랐다. 그렇게 환자로서 직접 경험을 하 며 부족한 부분을 채워 넣었다.

나를 가르쳤던 스승님은 학회 초대 회장을 맡을 만큼 실 력이 좋았다. 내가 환자였어도 기왕 병원에 치료받을 거 이분이 치료해 주면 좋겠다고 생각한다. 치료도 손에 꼽힐 만큼 잘할뿐더러 자기 관리도 철저했다. 늦게 자도 항상 일찍 일어나서 운동하고, 환자분 스케줄이 혼잡하면 휴일 에도 나가서 치료를 해드린다. 병원 입장에서도 이런 사람 은 대 환영이다. 시키지 않아도 스스로 하니 인재 중의 인 재였다. 오직 환자만을 생각하기에 치료에만 집중했고 완쾌된 모습에 누구보다 기뻐했다. 환자의 신뢰도는 하늘을 찔렀고 정말 가족같이 서로 아껴주는 모습에 경건함마저 느껴졌다. 스스로 만족하고 행복해하는 모습을 보며 많은 감화가 일어났다. 한 번씩 초심을 잃을 때마다 스승님을 떠올리며 채찍질하곤 한다.

병원 동료들이나 직업이 다른 친구들을 만나 스승님 이 야기를 꺼낼 때면 "스승님? 나이가 엄청 많은가 봐."라고 말하는데 실은 나보다 2살 많다.

배움 앞에 나이가 있는가? 나이 많고 적음은 중요하지 않다. 나이가 많다고 더 잘하는 것도 아니고, 적다고 해서 부족하지도 않다. 배울 게 있다면 따지지 말고 용기를 내 서 배우자. 쓸데없는 자존심 앞에 배움을 놓치지 말자. 자 기가 배우고 싶은 게 있다면 상대방과 나를 비교하려 하지 말고 배우고자 하는 것에 집중해서 나를 채우자.

02

나의 미래를 남에게 묻지 마라

*

　요즘 직장인들을 유심히 보면 회사에서는 멍하니 무표정으로 세상 포기한 표정을 지으며, 몸은 좀비처럼 움직인다. 영혼은 어디론가 가출했는지 보이지 않고, 그저 주어진 일을 처리하기 바쁘다.

　그러다 퇴근과 동시에 살아난다. 표정부터 바뀐다. 세상으로 출근하기 위해 화장을 새로 고치고 숨 죽은 머리를 만지작거리며 볼륨을 살린다. 즐거운 사람들과 함께 맛있는 저녁을 먹고, 재밌는 취미활동을 하며 그 시간을 누린다. 마치 그 시간을 갖기 위해 회사에 가는 것 같다. 회사는 그저 하나의 도구인 것이다. 내 삶을 누리기 위한 월급을 주는 자판기 느낌이다.

　그렇게 일하면 과연 내 미래는 어떻게 될까? 회사는 그런 내게 계속 자판기 역할을 해줄까? 그중 자신이 하는 일에 보람과 열정을 느끼며 배움을 게을리하지 않고 지속적으로 노력하고 발전하는 사람이 있다면 결국 밀려 떨어지고 말 것이다.

　열심히 해도 앞이 보이지 않기에 그냥 이 순간을 즐긴다고 한다. 갓생 살고, 플렉스 하며 즐기는 욜로족들. 그렇게 살면 인생이 좀 더 나아질까? 요즘 주식, 코인, 부동산을 하는 사람들이 부쩍 늘어났다. 차근차근 공부하며 밑바닥부터 쌓아가는 사람이 있는 반면, 일단 바로 수익을 얻게 해준다는 달콤한 말에 넘어가 투자해서 돈을 날리는 사람들도 있다. 세상에 공짜 술은 없다. 누군가가 아무것도 바라지 않고 돈을 준다고 하면 당연히 의심해야 한다. 뭔지 모를 무한한 긍정의 힘으로 '잘 될 거야.' 라는 무책임한 생각은 결국 파멸로 몰고 간다. 그렇게 사기를 당하고 몇 천만 원을 잃어버린 사람들도 주변에 많다.

나는 '나' 다. 누구와도 절대 대체될 수 없는 나. 같은 경험을 해도 같은 것을 느끼지 않고, 같은 것을 배우지 않는다. 그런 특별한 나인데 자꾸만 나를 망가뜨리는 모습이 마음이 아프다. 왜 내 인생을 남에게 묻는가? 남들은 내게 관심이 없다. 그저 그때그때 자신의 감정에 따라 말할 뿐이다. 물론 그중에서 진심으로 조언하는 사람도 있을 것이다. 하지만 그 조언조차 내가 스스로 받아들이는 것이다. 내가 어떻게 받아들이고 행동하느냐에 따라 인생의 방향은 완전히 달라진다.

조금 더 나은 삶을 살고 싶다면 먼저 내 직업을 사랑하자. 내가 하는 일에 최고가 되어보자. 지금 내가 하는 일에서조차 최고가 되지 못하는데 어떻게 다른 데서 최고가 될 수 있겠는가? 최고가 되기 위해 배움에 투자하자. 배우고 실행하다 보면 내 주변에 그런 사람들로 가득하게 되고, 어느 순간 인생의 궤적이 바뀌는 것을 느낄 수 있을 것이다. 차근차근 한 단계, 한 단계 나아가자.

오늘 하루 직장에서 어땠는가? 하루 종일 우중충한 기

분을 숨기고 겨우겨우 해내고 있지는 않았는가? 잠시 화장실 가서 거울을 보자. 그 표정을 잘 기억해라. 남이 본인을 볼 때 느껴지는 그 표정을. 내가 하는 일, 내가 재미가 있어야 하지 않는가? 자기 자신을 혹사하지 않게 스스로에게 보람을 주려면 지금 당장은 하기 싫은 일이더라도 공부해서 마스터가 돼야 한다. 내 것을 만들면 흥미와 재미는 나에게로 따라올 것이다.

학회에서 만난 사람이 있었다. 그 사람은 정말 이익을 위해서만 움직이는 사람이다. 배울 게 있으면 그 사람에게 착 달라붙어서 간이고 쓸개고 다 빼줄 것처럼 하다가 다 배우고 나면 쏙 빠진다. 그 이후 연락조차 안 된다. 물론, 다 배웠으니 볼일 없을 수도 있다. 하지만 관계라는 것이 그렇게 무 자르듯이 단숨에 잘리는 것이 아니다. 단물만 빼먹고 빠지는 사람을 누가 좋아할까? 남에게 의지하며, 에너지를 빼앗아서도 안 되지만 남을 이용해서 이득을 취하지도 말아야 한다. 정말 배우고 싶다는 열정과 진실성만 있다면 가만히 있어도 가르쳐 주고 싶어서 먼저 다가올 것이다.

세상 탓만 하며 땅굴 파기는 이제 그만하자. 본인의 상황에 대한 책임을 타인과 외부에 묻지 말고 스스로의 현실을 뼈대에 맞게 튼튼하도록 스스로가 해결해 보는 것을 추천한다. 남은 나의 인생에 크게 관심이 없다. 대화가 통하여 서로 이야기를 꺼내고 주거니 받거니 할 뿐, 남에게 의존하고 조언에 기대어 나를 그대로 맡기지 말자. 그래야 후에 있을 자신에 대한 원망이나 후회가 없을 것이다.

03

세상이 재료면 도구는 나다

*

요리에 칼은 필수도구다. 대표 유명인이자 기업인 '대패 삼겹살 초기 창시자' 백종원 셰프. 아니 사업가라고 불러야 할 테다. 칼 하나로 시작하여 지금은 요리보다 식당 경영을 주로 하고 있다. 그가 처음부터 잘 나갔을까? 아니다. 어려웠던 시절이 있었다.

1993년 원조 쌈밥집을 할 당시 IMF로 인해 주택사업이 망하면서 수중에 빚 17억과 쌈밥집만이 남았다. 타개할 방법이 없자 홍콩에서 생을 마무리하러 떠났다가 일단 좀 먹고 봐야겠다는 생각으로 아무 식당에 들어가 식사했다.

이때 갑자기 여러 사업 아이템들이 떠오르면서 다시 살

아야겠다고 결심한 그는 귀국하여 17억 채권자들을 불러 모았다. 그들 앞에서 "기회를 주신다면 식당을 해서 모두 갚겠다."라고 말했고 채권자들은 그를 믿고 전원 기회를 주기로 했다. 이후 백종원은 망해가던 쌈밥집을 일으켜 세우고, 1998년 한신포차, 2002년 본가, 2004년 해물떡찜, 2005년 새마을 식당, 2006년 빽다방, 홍콩반점 등을 오픈했고 하는 족족 성공을 이루었다. 만약 백종원이 포기하고 홍콩에서 생을 마감했다면 '존재하지 않았을 음식이었을 수도 있겠다.' 라는 생각이 든다. 그는 우리나라에 없던 새로운 음식을 만들었고, 문화를 만들었다.

이 모든 것은 그냥 만들어진 것이 아니다. 요리라는 '재료'에 '백종원'이라는 도구를 갈고 다듬으며 스스로를 담금질했기에 하고 싶은 요리 하면서 경영도 하는 것 아니겠는가.

우리나라에서는 성인 남성이 되면 군대를 의무적으로 가야 하는 법이 있다. 이곳에서 나라를 지키는 훌륭한 의무를 다하면서 많은 것을 배운다. 이제 갓 20살이 되어 사회생활 한번 안 해본 상태에서 군대에서 '사회생활'을 하게 된다. 윗사람에게 어떻게 대해야 하는지, 짬밥을 먹으면서 그 시기별 내가 해야 할 일들을 자연스럽게 습득하게 된다. 계급사회를 배우고, 필요 이상의 것들은 차단하면서 나를 돌아보는 시간을 갖는다. 집에 있었다면 늘어졌을 나를 깨우며 규칙적인 생활을 하게 된다.

여자들은 군대를 가지는 않지만, 남자들보다 먼저 사회 전선에 뛰어들어 세상을 먼저 구경하며 깨닫고 자극받아 성장한다.

그렇게 '나'라는 존재를 더욱 성장시키고 다듬게 된다. 나에게도 군대는 터닝 포인트였다. 철없던 생각과 행동을 절제할 수 있게 되었고, 최소한의 것으로 최대의 효과를 낼 수 있다는 것도 알게 되었다.

군대에서는 자리에 앉는 것도 마음대로 앉지 못하고 사소한 실수도 잘못으로 이어져 벌을 받아야만 했다. 한 부대에 동기가 많지는 않은데 내가 속한 부대는 동기가 많이 가게 되어서 더더욱 차별화가 심하게 이루어져 잘하지 못하면 하급 병사로 낙인찍혀 괴롭힘이 심해지는 곳이었다. 휴지 한 장을 뜯어도 나는 이마에 땀이 흐를 정도로 집중하였고 전투화 구두약 심부름을 할 때도 모자가 벗겨지게 뛰어다녔다. 그렇게 선임들에게 인정받을 수 있었다. 짧은 시간이었지만 그때의 생존 본능은 전역 후에도 이어졌다.

오로지 학교만 다니며 철저하게 보호받다가 생판 모르는 곳에서 적응해 가는 과정은 내게 사회 생활할 때 큰 도움이 되었다. 만약 늦게 군대에 갔더라면 제대로 배우지 못한 채 사회에서 깨지고 부서지면서 무너졌을지도 모르겠다. 그때의 경험이 나를 '포기를 모르는 사람'으로 만들어주었다.

이 세상에는 내가 성장할 수 있는 무수한 재료가 널렸다. 그 재료들을 잘 활용해서 무기로 만들기 위해서는 '나'라는 도구를 잘 활용해야 한다. 나를 거쳐 가지 않은 재료는 아무 쓸모가 없다. 그저 남들 이야기일 뿐이다. 남들 이야기를 보고 들으며 부러워하거나 배 아파하지 말고, 내 것으로 만들자. 나도 할 수 있다. 이 세상에 숫자로 표기할 수 없을 만큼 무한대의 재료들이 널리고 널렸는데 그걸 가만히 보고만 있을 것인가? 잘 다듬어진 '나' 라는 도구로 이 세상 모든 사람과 '재료의 경쟁' 을 해보는 건 어떨까?

각자 자신의 인생의 터닝 포인트를 기억하고 '나' 라는 도구를 세상에 꺼내기 위해 다듬는 시간을 가졌으면 한다. 하고자 하는 일에 시간과 나라는 도구를 가꾸고 다듬지도 않고서, 겨우 한번 해보고 안된다고 징징거리지 말자. 실패한 게 아니다. 내가 가진 재료를 잘 못 골랐을 뿐이다. 지금 상황에서는 다른 재료를 꺼내야 할 타이밍이었을지도 모른다. 누구나 자신만의 것이 있다. 해보지도 않고 안된다고 실패했다고 생각하지 말고 재료를 다시 한번 골라보는 것은 어떨까. 어느 직군, 직업이든 내가 노력한 만큼, 내가 한 만큼 재료가 쌓인다. 내가 가진 도구 (나 자신)를 잘 다듬어서 재료를 한 번 더 찾아보는 눈을 키워보자.

04

두려우면 시작하고, 하기 싫으면
시작하지 마라

*

'새 학기 증후군(new semester blues)'이라는 것이 있다. 신학기가 되면 설렘과 기대를 느낄 수 있지만, 아이들은 스트레스와 불안을 느낄 수도 있다. 예민한 성격이라면 더더욱 심하고, 손이나 몸에 땀이 많이 나거나 감기나 위염, 두통, 복통, 수면장애뿐만 아니라 짜증이 늘거나 슬픔에 잠기는 감정이 나타나기도 한다.

어른도 마찬가지다. 본인이 도전하려는 일, 또는 도전해야 할 일이 생겼을 때 두려움을 느끼는 건 당연한 과정이다. 충분한 노력을 했는지 결실을 보기 전 스스로를 테스트하고 싶은데 방법을 모르거나 시작 자체가 두려워 놓치기도 한다. 어릴 때부터 도전해 본 경험이 적거나 하지 못하는 상황들이 많았다면 더욱 소심해지고 시작하기 어렵다.

모든 성공에는 무한한 도전이 존재한다. 실패해도 괜찮다. 일단 두려움을 내려놓고 도전해 보자. 사람들은 의외로 나에게 관심이 없다. 내가 두려운지, 자신감 넘치는지 알지 못한다. 그리고 내가 도전하든 말든 관심이 없다. 그러니 남들 눈치 보지 말고, 내가 하고 싶은 일을 했으면 한다. 어차피 그로 인해 벌어지는 결과는 모두 내 몫이다.

반면 좋아서 시작하려는 일이 아니라 간절하지 않지만 마약 같은 월급 때문에 억지로 하는 사람들이 있다. 이 사람들은 너무 하기 싫은 일이라며 온갖 불만을 주변에 표출한다. 다른 일을 하고 싶어도 일단 시작했으니 다른 데 가기도 그렇고 그냥 억지로 하는 것이다. 이들은 스스로도 알 것이다. 자신들은 멀지 않아서 그만둘 거란 걸.

미국의 유명투자자 워렌 버핏과의 점심 식사는 천문학적인 금액이다. 한때 그와의 점심 식사가 경매에 나오기도 했다. 그만큼 어마어마한 일이다. 이 워렌 버핏의 전용 조종사로 10년을 넘게 일한 플린트는 조종사다 보니 함께 있는 시간이 많았고 대화 나눌 시간이 많았다. 플린트는 버핏에게 어떻게 목표를 설정하고 관리했는지 물었다. 그러자 버핏은 가장 중요하다고 생각하는 인생목표 25가지를 종이에 쓰라고 했다.

플린트는 25가지를 적었고, 버핏은 그에게 "그중 5개만 골라 보시오."라고 말했다. 25개 적는 거보다 더 힘들어 한참을 고민하던 플린트는 겨우 5개를 골라내었다. 워런 버핏은 그 답을 보고 "그 5가지는 당신 인생에 꼭 필요한 것이니 당장 실천하시고 나머지 15개는 5개를 완성하기 전까지는 시작도 하지 마시오."라고 말했다.

지구는 생각보다 넓고 생각보다 많은 사람이 살고 있다. 어떤 이보다 돈을 많이 벌지 못한다거나 어떤 이처럼 세계 부자가 되지 않아도, 나의 인생에 나를 사랑하고 내가 해낼 수 있는 일이 있다. 이는 분명한 사실이다. 다만 모른 채 살뿐이다. 찾아보지 않고 현실에 순응한 채 불평불만을

담은 채 말이다. 세계 어떤 부자도 무인도에 떨어지면 자연 앞에 초라한 존재일 뿐이다.

TV 프로그램 〈세상에 이런 일이〉에 출연한 김범석씨가 있다. 전기 기사였는데 22살에 감전 사고로 양팔과 오른쪽 다리를 잃었다. 그는 다리 한쪽으로 걸어 다니고 발가락으로 글씨를 적어내고 밥을 혼자 스스로 입으로 가져다 먹는다. 제작진이 질문을 던진다.

"왜 사모님께서 안 먹여주시고?"

질문에 답하는 그의 말에 나는 숙연해졌다.

"내가 충분히 노력하면 먹을 수 있는데, 옆 사람에게 피해를 주나요. 보세요 발가락으로 젓가락질도 합니다. 허허."

그는 자신과 같은 처지에 놓인 사람들에게 긍정적인 마음을 보여주려고 대학원 석사, 박사까지 발가락으로 책을 넘기고 글씨를 적고 스스로 의족을 착용하고 버스를 탔다. 학생들과 교감하기 위해 족구도 같이 하며 열심히 도전한 결과, 지금은 문경의 모 대학에서 교수님으로 재직하고 있다.

만약에 자신의 처지를 한탄하며 '하지 못해, 하기 싫어'라며 자신을 비관만 했다면 누구의 도움 없이는 식사의 속도 조절, 식사량, 물 한 모금조차 마음대로 못 마시고 있었을지도 모른다. 김범석 교수님이 하지 못하는 것은 딱 한 가지가 있다고 한다. 화장실이 급할 때 바지를 내리지 못하여 종종 실수하신다고, 하지만 이 또한 너털웃음을 지으며 말씀하신다.

"내가 할 수 있는 한 노력으로 안 될 건 없다. 매 순간 목숨을 걸고 살아도 어쩔 수 없는 한계는 받아들이고 부끄러워하지 않을 것, 그것은 포기가 아니라 자신을 향한 포용이다."

우연히 본 TV 프로그램에서 인생의 길을 찾았다. 그동안 나는 나름으로 열심히 해왔지만, 포기도 잘했다. 잘할 것 같은 일만 도전했고, 그렇지 않은 일은 스스로 핑계를 대며 미루었다. 최선을 다해도 생기는 한계도 받아들여야 하는 데 애초에 최선을 다하지 않았기에 부끄럽게만 생각했다.

부모의 틀에서 벗어나 성인이 되면 스스로 해결해야 한다. 모든 일에 책임을 지고, 결과를 담담히 받아들여야 한다. 결과가 두려워 아무것도 하지 않으면 아무것도 아닌 사람이 된다. 뛰어넘어야 하고자 하는 일을 해야만 이룰 수가 있다.

하기 싫은 일에 쏟는 시간과 노력을 하고 싶은 일에 투자해 준다면 어떨까? 내 삶에 우선순위를 잘 생각해서 지금 당장 해야 할 일을 정해보자. 그리고 두려움을 떨쳐내고 시작해 보자. 당신은 생각보다 더 멋진 사람이라는 것을 잊지 말자.

05

진짜 기술은 유튜브에 없다

*

　유튜브는 요즘 모든 사람이 즐겨 보는 플랫폼이다. 다양한 프로그램으로 보고 싶은 것을 검색만 하면 모든 세상이 다 담겨있다.

　무료로 자신의 콘텐츠를 업로드하고, 자신을 브랜딩 하는 마케팅 수단으로 활용할 수도 있다. 많은 사람이 영상을 클릭하면 클릭할수록 광고료도 챙길 수 있다. 개인 브랜딩 시대에 유튜브는 필수 노선이다. 사람들이 궁금해하는 것, 가려워하는 곳을 긁어주면 더 큰 사랑을 받는다. 거기다 내 스토리텔링과 내 노하우를 가미하면 자연스럽게 전문가로 자리매김하게 된다. 나 또한 유튜브를 통해 많이 배운다. 돈을 주지 않아도 어느 정도 수준까지는 올릴 수 있는 무료 콘텐츠가 널려있다. 잘 활용하면 돈 한 푼 들이지 않고도 기술을 쌓을 수 있다.

어느 병원에 가보니 도수치료를 하는 선생님이 5분이 계셨다. 이 중 한 분이 실장님인데 실장님이 4분의 선생님에게 교육을 해주고 있었다. A의 상황은 A '로, B의 상황에서는 B' 로 치료하라면서 자신과 똑같이 따라 하라고 교육하고 있었다. 직원들은 실장의 말을 들으며 열심히 따라 했다. 멀리서 보면 정말 하나하나 다 알려주는 최고의 선생님 같다.

그런데 자세히 들어가 보면 그렇지 않다. 환자가 허리가 아프면 허리 쪽만, 목이 아프다고 하면 목 부분만 열심히 주물러주고 있었다. 이쪽, 저쪽 우두둑 소리만 내게 해줘서 신경을 자극하면 시원한 느낌을 받을 수 있다. 딱, 그 정도였다. 이 정도는 길가에 어느 마사지샵을 가도 해주는 것 아닌가? 도수치료사라면 적어도 이 통증이 어디서 기인하는 것인지 정확한 분석을 통해 치료해야 할 부위를 잡아

쥐야 하지 않을까? 이렇게 치료받고 나면 처음에는 시원할지 몰라도 20분 정도 집에 걸어가는 사이 다시 몸이 틀어져 통증을 호소하거나 더 아파지게 된다.

유튜브를 통해 배우거나 다른 사람의 기술을 모방하기만 하는 것은 전혀 도움이 되지 않는다. 'WHY'가 없기 때문이다. 왜 아픈지, 왜 허리가 아픈지, 왜 목이 아픈지, 어디서 그 통증이 기인하는 것인지를 정확하게 분석하고 그에 따라 치료 방법을 결정해야 하는데 그냥 아픈 부위만 열심히 문지를 뿐이다. 내 기술, 나만의 것이 없으면 금세 다른 사람으로 대체될 수 있다. 실제 하루아침에 직장에서 잘리는 치료사도 많이 봤다. 자기만의 치료를 할 수 있게 공부해야 한다.

어느 공사장에서 똑같은 시간에 똑같은 일을 하여도 힘든 사람과 힘들지 않은 사람이 있다. 자기만의 방식으로 힘을 많이 들이지 않아도 할 수 있는 방법을 터득했기 때문이다. 이는 알려준다고 아는 게 아니다. 스스로 경험하면서 터득하는 것이다. 공사판에서 일을 해봤기 때문에 잘 안다. 젊은 나이에 그저 힘으로만 하려다가 죽을 뻔한 적도 있다. 일도 똑똑하게 해야 한다.

참된 스승을 만나면 제일 좋지만 쉽지 않다. 가장 좋은 것은 매 순간, 질문하는 습관이다. 일하거나 공부하면서 '이렇게 하는데 맞을까?'라며 스스로 질문하고, 가설을 세우고 그 가설을 입증해 보는 습관을 지니면 조금씩이더라도 성장하는 방향으로 나아가게 된다.

물론, 내가 일하는 분야마다 다를 수 있다. 모든 물리치료사가 다 그런 것도 아니다. 하지만 내가 보고 듣고, 경험했던 이 세계에서는 "왜"보다는 그저 보이는 그대로 카피해서 따라 하는 사람들이 많다. 서로 깊은 부분까지 알려주지 않다 보니 그렇게밖에 할 수 없는 것도 이해는 한다. 치료 기술 자체가 돈이기 때문에 원리까지 하나하나 세세하게 알려주는 진정한 고수는 만나기 쉽지 않다. 그렇지만, 그렇기에 더더욱 그저 따라만 하는 것이 아닌, '왜'를 늘 가슴에 품고 있어야 한다. 단순히 따라만 하는 것이 아닌, 내 것으로 만들기 위해서는 반드시 필요한 과정이다.

유명 유튜버들의 조회수 높은 영상을 찾아보면 자기 기술은 꼭 숨겨두고 대중적인 기술만을 유튜브에 재미나게 올린다. 실제로 아픈 사람이나 환자들은 그 영상을 보고 자기 몸에 맞지도 않는데 따라 한다. 사람마다 지내는 습관이나 체형이 다 각기 다른데, 자기도 그렇게 하면 낫는 줄 알고 따라 하다가 오히려 더 좋지 않은 상황을 초래하는 경우가 많다.

실제 교육 중에 한 선생님이 "유튜브에서 봤는데 이렇게 하지 않던데요?"라고 질문한 적이 있다. 그때마다 "환자를 평가하고 환자에게 맞게 진단을 내릴 수 있다면 유튜브를 참고해도 좋습니다. 하지만 모두에게 적용되는 기술이 아니고, 손 모 양이나 자세를 보면 너무 불안정해서 사고 위험성이 높습니다."라고 설명해 드린다. 실제로 실력이 좋아서 널리 알리고 싶은 기술이 있다고 치자. 임상에서도 바쁜데 언제 유튜브를 찍고 업로드하고 관리를 하겠는가? 목뼈 교정 시 2mm만 비껴가거나 조금만 힘이 달라져도 바로 사고로 이어질 수 있기에 온라인 보다는 오프라인 교육이 훨씬 효과적이다. 당연히 온라인상에서의 교육은 한정적일 수밖에 없는 것이다.

물리치료뿐만 아니라 지금 현재 하고 있는 일과 관련된 정보를 주는 영상들이 많을 것이다. 그 안에서 정보와 지식은 얻되 반드시 내 것으로 만드는 과정을 꼭 가지자. 그저 들은 지식은 절대 살아있는 지식이 될 수 없다.

모든 사이의 끝을 불러오게 하는 '거짓말' 같은 기술을 습득하지 말고 세상에서 가장 약한 것 같지만 절대 깨지지 않는 '믿음' 같은 기술을 습득하자. 유튜브에만 있는 사소한 기술로 만족하지 말고 조금 더 관심을 가지고 기왕 하는 일 제대로 알고 하자. 유튜브는 참고만 하고, 진짜 내 것을 찾아가길 바란다.

06

좌절할 시간에 관절을 움직여라

*

오늘은 또 어떤 하루를 보낼까?

어떤 날은 칭찬도 듬뿍 받고, 일도 잘 진행되어서 정시 퇴근을 하기도 하고, 어떤 날은 사람에 치여 지친다. 직원들과 힘겨루기에 상사와 눈치싸움에 진이 다 빠진다. 퇴근하고 집에 돌아오면 허탈하기도 하다. 무엇 때문에 이렇게까지 일해야 하나 우울해지기도 한다. 심적으로 매우 처지고 기력이 없어진다.

이때 계속 그 기분에 취하면 점점 더 나락으로 빠져든다. 오로지 나를 위로해 주는 건 시원한 맥주와 야식, 넷플릭스와 유튜브, 게임이다. 매일 여기에 빠진다면 어느 순간 알코올중독이 되거나 게임중독이 되거나 영상 중독이 된다. 어느 것 하나 내게 도움이 되는 건 없다. 거기서 빠져나와야 한다. 가장 좋은 방법은 몸을 움직이는 것이다. 몸을 움직이고 근육을 쓰면 신경 안정 GABA, 엔도르핀, 세로토닌, 도파민 호르몬이 배출된다. 이는 뇌를 깨끗하게 해주고 어둡고 부정적인 마음을 밀어내고, 밝고 자신감을 불어 넣어준다.

운동하는 사람들이나 스포츠인들을 보고 있으면 항상 에너지 넘치고 활력이 넘친다는 느낌을 받는다. 목소리 또한 자신감이 넘쳐흐른다. 걸음걸이에도 리듬이 느껴진다. 나는 매일은 아니더라도 주 3일은 근처 헬스장에 가서 운동하려고 한다. 몸을 움직이면 그동안 쌓였던 나쁜 찌꺼기들이 모두 사라지는 기분이다.

꼭 뭔가 대단한 운동을 하지 않아도 된다. 점심 식사 후 가볍게 주변을 걷는 것도 도움이 된다. 밥 먹고 직장 내에 가만히 머무르지 말고 밖으로 나가자 나가서 바깥공기도 좀 쐬고 걸어보자. 걷다 보면 잡념이 사라지고, 한번 리프

레시 되면서 좋은 생각으로 가득 차게 된다. 식물뿐만 아니라 사람도 광합성이 필요하다.

인사도 '운동' 중 하나다. 매일같이 다니는 반복적이고 일상적인 현재 밥벌이 중인 출근하기 싫은 회사를 다니고 있다면, 보이는 모두에게 인사부터 밝게 건네어보자. 최대한 고개를 낮게 숙여 인사하고 밝게 웃으며 소리를 내어 웃어보자. 고개를 낮게 숙이게 되면 엉덩이 근육부터 허리 근육 등 근육 목 근육까지 당겨지면서 스트레칭 되고, 웃으면 얼굴 운동도 된다. 소리를 내 웃으면 횡격막과 복근도 다져진다. 덤으로 상대방의 밝은 인사를 받게 되니 나의 행복감까지 올라갈 수 있을 것이다.

조금 일찍 하루를 시작해 보는 것도 좋다. 단 10분이라도 일찍 일어나 걷기, 달리기를 해보자. 마주치는 사람에게 가볍게 눈인사를 하는 것도 좋다. 전날 과음했거나 스트레스를 받았다면 큰 효과를 볼 것이다. 근육통이 있고 몸이 무겁다고 느껴지면, 괜스레 기분은 더 다운이 되어 우울한 생각에 잠기게 된다. 이때 관절을 움직이자. 관절을 붙잡아주는 근육들이 흥분하면서 근육에 쌓여있는 젖산이 씻겨 내려가, 피로감이 사라지게 되고 탱탱한 근육으로 자리를 잡게 된다. 기분 또한 상쾌해진다.

우울할 때 달달한 걸 먹으면 기분이 좋아진다는 말을 들어본 적 있을 것이다. 이 달콤한 것에 도파민이 방출되기 때문에 그렇다 근육을 움직이는 것도 이와 같은 원리다.

가수 '김흥국' 씨는 원래 콧수염이 없었다. 무명 시절 활발하지도 않았고, 웃음도 잘 없었다. 그랬던 그가 어떻게 변화할 수 있었을까? 그는 원래 밴드에서 '드럼 연주자'로 활동했다. 그러다 '호랑나비'라는 노래로 활동하면서 뒤에서 존재감 없이 드럼을 치던 그가 즐겁게 웃으며 앞으로 나섰다. 콧수염과 어우러지는 코믹댄스는 큰 반향을 일으켰고, 드럼 연주자에서 '가수'로 자리매김하게 된다. 앉아서 드럼 치던 사람이 관절을 쓰며 움직이기 시작하니 본인도 흥이 나고 가수로써 자신감을 얻게 된다.

회식을 가면 발라드를 부르며 분위기를 가라앉히는 사람이 있고 트로트를 부르며 익살스러운 표정과 춤을 추며 분위기를 띄우는 사람이 있다. 물론 발라드를 부른다고 전부 분위기가 가라앉는 건 아니다. 신나는 댄스 음악에 맞춰 안 쓰던 발목관절까지 쓰면 좀 더 흥이 나는 건 사실이다.

직원 P는 소심하고 내향적인 성향이다. 자신의 잘못도 아닌데 움츠러들어있고, 조금만 뭐라고 하면 대역 죄인이 된듯한 표정으로 울며 잘못을 빌었다. 처음에는 늘 열심히 하고 겸손한 모습에 좋은 인상을 받았지만 갈수록 눈치 보는 태도에 답답해졌다.

한 날은 P에게 제대로 얘기를 해주어야겠다는 생각에 진심을 전달했다. P가 한 일이 아닌데 왜 욕을 먹고 있느냐고. 사람들 눈치 보면서 잘 보이려고 하는 것이 노력은 아니라고. 주어진 일만 하는 수동적인 인간에서 벗어나 좀 더 공부해서 P만의 전문 기술을 습득한다면 그 누구도 무시하지 못할 것이라고 말해주었다.

"P야. 우리는 남들이 하지 못하는 전문적인 지식과 능력이 있어. 그 일을 '나' 라는 인재가 도와주러 간 것인지

죄를 지은 게 아니야. 그러니까 주눅 들어 있지 마. 자신감을 가져."라고 말하며 크로스 핏이라는 운동을 권했다. 몸을 활발하게 움직여야 하는 운동이라 잡생각조차 떠오르지 않기에 신체뿐 아니라 정신건강에도 도움이 되기에 나도 가끔 다운될 때 한다. P 직원은 내 권유에 바로 시작했고, 공부와 함께 병행했다.

그 뒤 P는 어떻게 됐을까? 처음에는 아무런 변화가 없어 보였지만 내면에서부터 변화는 일어나고 있었다. P는 점점 자신감이 붙어 하고 싶은 일을 찾아 움직였고 조금씩 성과를 내기 시작했다. 무엇보다 표정이 달라졌다. 주눅 들고 자신감 없던 모습에서 당당하고 자신감 있는 모습으로 바뀌었다. 그를 대하던 사람들도 당연히 달라졌다. 주변 사람들과의 관계도 훨씬 좋아졌다. 인정과 함께 환영받는다.

인체의 무게중심은 낮을수록, 닿는 면이 넓을수록 안정된다. 반대로 무게중심이 높을수록, 닿는 면이 좁을수록 중심은 불안정하지만 움직임은 늘어난다. 자꾸만 부정적인 생각이 들고 우울해지면 일단 움직여보자. 관절을 움직이면 자동으로 근육이 움직이고, 기분이 절로 좋아질 것이다.

07

공부에 미치면 곧 일은 천직이 된다

*

어릴 때 그토록 공부가 싫었던 내가 다 커서 공부에 미쳤다면 믿겠는가? 나는 스승님을 만나면서 공부에 제대로 재미가 붙기 시작했다. 같이 이야기하는 시간도 좋았고 단순히 암기식이 아닌 원리를 배워서 적용해 가는 과정이 너무 재미있었다. 시간 날 때마다 찾아가서 토론하며 공부했다. 스승님이 술을 좋아하다 보니 보통 술자리에서 공부했다.

어떻게 술을 마시면서 공부할 수 있냐고 묻는다면, 충분히 가능하다고 말하고 싶다. 취할 정도로 많이 마시는 게 아니라 즐길 정도로 마셨고, 쓸데없는 남 욕이나 정치 얘기가 아닌 실질적인 '일'에 대한 이야기를 나누었기에 술은 그저 거들 뿐이었다.

중요하고 기억하기 쉽지 않은 내용들은 녹음해도 되냐고 물어보고 허락하에 녹음하여 다음 날에 듣고 또 습득하기를 반복했다. 그렇게 일주일에 2회는 술을 마셨고, 잠은 2~3시간 자면서 환자를 치료했다. 1타임 30분 단위로 하루 19~20명을 보면서 피곤함보다는 배운 것을 토대로 적용해서 변화되어가는 환자들을 보는 게 뿌듯하고 좋았다. 그렇게 5년을 보냈고, 현재 강남역의 로컬병원에서 부원장 자리까지 올라왔다. 동 직업 최고의 조건으로 말이다.

배우면 그 자리에서 바로 활용했다. 환자들의 만족도는 높아졌고, 환자도 늘었다. 당연히 내 연봉도 올랐다.

그러던 어느 날 30대 남자 환자분이 내게 승부욕을 자극한 사건이 일어난다. 이분은 허리가 아파서 여러 병원을 전전하며 물리치료를 받으러 다니던 분이었다. 제대로 치료하려면 평가 분석 후 도수치료를 하는 걸 권한다고 말씀드리니 거부하셨다. 그동안 도수치료도 받아봤고, 물리치료도 받았지만 전혀 효과가 없었다고. 일반 마사지랑 비슷한 것 같다며 실손 보험이 있으니 마지못해 써먹으려고 온다고 했다. 그동안 잘못 받아온 치료에 오해까지 쌓인 환자분을 꼭 제대로 치료해 주고 싶었다.

나는 환자분께 이전에 받은 도수치료와는 차원이 다를 거라고, 치료해서 ROM(가동 범위) 테스트에서 좋아지는 게 있다면 엑스레이로 증명해 보이겠다고 말씀드렸다. 그렇게 일주일 간격으로 3회 치료를 했고, 옆으로 휘었던 척추가 60% 정도 바로잡혔다. 엑스레이 두 장을 찍어 전후 사진을 보여주었더니 환자는 깜짝 놀랐다. 단 한 번도 이런 적이 없었다며 기적이라며 너무 좋아하셨다.

이분뿐만 아니다. 21살 여자분도 양옆으로 S자로 기울어져있던 척추를 6회 치료 후 중심선 가까이 오게 치료해 주었다. 어린 나이에 컴퓨터, 핸드폰 등으로 자세가 완전히 무너져있었는데 6번 만에 회복된 것이다.

그 외에도 여러 환자분들의 기적 같은 결과를 보며 자신감도 생겼고, 공부하는 게 너무 즐거웠다. 조금 막히는 부분이 있으면 서로 논의하고, 맞춰보면서 방법을 찾았다. 배움에 미치니 실력과 역량은 덤으로 올라갔다.

학교 공부도 중요하지만, 사회에서의 공부는 또 다르다. 그저 시키는 것만 하는 것이 아니라 내가 스스로 결정해서 하는 공부이기에 열정도 남다르다. 학교에서 무엇을 배우든 사회에 나오면 내 직업과 관련된 공부를 하게 된다. 대학 졸업 이후 전공과를 떠나 전혀 다른 직업을 갖기도 한다. 직업을 갖는 순간 공부는 새롭게 시작한다는 말이다.

실제로 영어유치원 (줄여서 '영유')이 많은 지역에서는 이른바 '스카이'라 불리는 좋은 대학교에 많이 간다는 통계가 수치로 증명되었다. 영유는 대학 등록금보다 비싼 등록금을 받는다. 그럼에도 좋은 영유에 보내기 위해 발품을 팔며 알아본다. 결국 부모의 재력이 있어야 좋은 대학도 갈 수 있다는 것이다. 요즘은 의대보다 공대를 더 선호한다고 한다. 인공지능 기술이 나날이 발전하니 그 기술을 익혀 취업시키려고 부모들이 진로를 결정한다고 한다.

나는 우리 아이들을 영어유치원에 보낼 재력은 없지만

스스로 자기 삶을 선택할 수 있는 '자립심' 과 '도전정신'을 가르쳐주고 싶다. 스스로 자신이 좋아하는 일을 선택하고 그 일에서 보람을 느끼고 행복을 느끼게 해주고 싶다. 좋아하는 일에 대한 필수공부의 중요성을 알려주고 싶은 거지, 오로지 진학만을 목적으로 하는 공부에 목매라고 하고 싶지는 않다.

《40대 다시 한 번 공부에 미쳐라》 책에 '당신을 위대함으로 이끄는 것은 재능이 아니라 위대한 공부이다.' 라는 말이 있다. 실제 성공한 사람들은 태어날 때부터 위대한 사람이 아니다. 위인전에 나온 위인들도 마찬가지다. 포기하지 않고 공부하고 노력하면서 끝까지 해낸 사람이 위대해지는 것이다.

친구 A는 대기업 생산직에서 근무했다. 성격이 좋아 직원들과 잘 어울렸고 일도 재미있게 했다. 대기업이다 보니 3끼 식사를 모두 해결할 수 있어 더 좋아했다.

하지만 얼마 지나지 않아 고향으로 내려가야만 했다. 아버지가 하던 정육점을 이어받아야 했기 때문이다. A는 내려가서 단 하루도 쉬지 않고 5년 동안 일만 했다. 처음에는 돼지의 부위도 모르고 칼질 방향도 몰라서 손도 많이 베이고 아버지에게 매일 욕을 먹었지만 해야 한다는 의지로 공부하기 시작했다. 배울수록 정육점 일에 흥미가 생기고 더 잘하고 싶은 욕심에 여기저기 찾아가서 영업 노하우까지 배우기 시작했다.

지금은 월 매출 1억 이상 하는 정육점으로 아버지보다 더 발전시켜서 크게 성공했다. 5년간 쉬지 않고 일한 것도 모두 보상받았다. 일주일에 이틀을 쉬며 일과 여가를 적절히 분배해서 즐긴다. 대출 하나 없이 오로지 현금으로 아파트를 구매하고, 1억이 넘는 카라반, 2억이 넘는 외제 차도 모두 현금을 주고 샀다. 지금은 결혼해서 가정을 꾸려 주말마다 아이들과 카라반을 끌고 여행을 다니며 행복하게 살고 있다.

A처럼 자신이 좋아서 한 선택이 아닌, 어쩔 수 없이 이어받은 가업이지만 성공시킬 수 있다. 이는 내 직업을 바라보는 태도에 있다. 지금 하는 일에 공부를 더 하여 재미

있게 해 보려고 노력해 보자. 하다 보면 힘든 줄 모르고 남과 비교하는 시간마저 아까워지고, 자존심이나 열등감, 학력 등에서 벗어나 곧 어렵지 않게 해결해 나가게 될 것이다.

현실을 부정하고, 한숨 쉬며 불평불만만 늘어놓으면 절대 앞으로 나아갈 수 없다. 이왕 하는 것이라면 제대로 하자. 열정적으로 공부하자. 공부에 미치면 곧 일은 천직이 된다.

2장

일
천직은 내 안에 있다

*

01

자만심은 가난을 부른다

*

요즘 빠져서 보는 유튜브 채널이 있다. 자칭 '황도이장'이라 부르며 매형소유의 서해에 위치한 단독 섬에 1인 가구로 8년째 살고 있는 사람이다.

10여 년 전 교통카드, 전화카드 사업으로 대성하여 하루에 버는 금액만 마대자루에 현금을 쓸어 담을 정도였다. 그렇게 탄탄대로를 달리던 그는 점점 카드를 쓰는 사람이 줄어들면서 사업의 방향을 바꿔야만 했다. 잘되고 있었기에 자만심에 빠진 그는 남은 재산을 털어서 또 다른 사업에 뛰어들었다. 처음 해보는 사업이지만 당연히 잘 될 것이라는 지극히 '낙관적'인 생각만 한 채 준비 없이 시작했다. 주변 사람들과 가족들은 말렸지만, 그는 듣지 않았다. 자신의 실력에 대해 자만한 것이다. 결국 전 재산을 잃고 말았다. 이후 그는 자포자기하고 몇 번을 한강에서 뛰어내리려 했다고 한다. 그러다 섬에 들어가서 자급자족하여 살아보기로 한 것이다.

처음 섬에 들어갔을 때는 집도 없고 몸을 피할 곳도 없었다고 한다. 마침 태풍까지 들이닥쳐 벼랑 끝에서 겨우 살아남았다. 살아남았으니 살아야 하지 않겠는가? 그는 그곳에서 스스로 집을 짓고 살기 시작했다. 아무도 살지 않고 혼자만 덩그러니 있는 1인 가구 섬. 그곳에서 그는 하루 한 끼를 먹기 위해 아침부터 내내 바닷가, 섬의 숲 일부를 다니며 음식을 채취했다. 아침에 나가서 겨우 저녁 한 끼를 먹을 수 있었다. 그런데도 그는 그곳에서 정말 행복해 보였다. 비록 빈털터리가 되었지만 말이다.

돈맛을 한 번 보고, 자만심에 준비 없이 뛰어든 사업에서 모든 재산을 잃고 가족들과 떨어져 지내는 모습이 안타까우면서도 한편으론 오죽 힘들었으면 그랬을까 싶다. 그 사람 속을 100% 알지는 못하지만 분명 죽을 만큼 고통스럽고 아팠을 것이다. 지금은 물질적인 모든 것을 내려놓고 내면을 채우며 사는 모습이 정말 찐으로 행복해 보여서 보는 나도 덩달아 대리만족한다.

자존심과 자만심은 다르다. 자존심은 사람을 의식하는 내적 자아를 중심으로 하는 것이라면 자만심은 내적 자아를 외적으로 분출하는 것이다. 자만심의 쉬운 이해를 돕고자 재밌는 이야기를 들려주려 한다.

옛날 옛적, 아주 거만한 양반이 고기를 사러 왔다. 멀리서부터 그는 소리쳤다. "이놈, 돌쇠야, 고기 한 근 썰어 와라." 이 말을 들은 돌쇠는 싱글벙글 웃으며 고기를 썰어 종이에 내주었다.

또 다른 점잖은 양반이 고기를 사러 왔다. "이보게, 돌쇠네, 고기 한 근만 썰어주게" 하고 주문하니 돌쇠는 또 싱글벙글 웃으며 고기를 썰어 포장하여 내주었다. 그런데 고기의 양을 보니 뒤에 온 양반의 두 배는 족히 되게 크고 포장도 잘해주는 것이 아닌가? 그걸 본 거만한 양반이 따졌다.

"이놈아 왜 고기의 양을 차별해서 주느냐"

그때 돌쇠가 대답한다.

"예, 나으리. 하나는 돌쇠 놈이 썰어서 그렇고요, 또 하나는 돌쇠네가 썰어서 그렇습니다요."

거만한 양반은 '자만심'을 내세웠고, 돌쇠는 그 자만심을 그대로 돌려준 것이다. 아무리 돈을 주고 산다고 해도 마치 자신의 것을 받으러 온 사람처럼 행동하는 사람과, 존중하는 태도를 보이는 사람의 행동에는 차이가 있다. 자만에 빠져 자신이 뭐라도 되는 냥 거들먹거리며 제대로 준비하지 않으면 쪽박을 차게 된다.

하다 보면 잘 되는 날도 있을 것이다. 이렇게 잘 돼도 되나 싶어질 정도로 쭉쭉 뻗어나갈 수도 있다. 그런데 그 모든 게 과연 '내 힘'일까? 주변 사람들의 도움과 환경, 내 노력이 모두 합쳐져서 생긴 결과이다. 그런데 그 모든 게 오직 내 능력이라고 '착각'하며 자만심에 빠지는 순간 공든 탑은 와르르 무너지게 된다.

직장 내에서, 또는 어디를 가든 한 명씩 눈에 띄는 사람이 있다. 센스 있고 일 잘하는 사람은 티가 난다. 여기서 두 가지로 갈린다. 자신의 부족함을 알고 늘 배움의 자세로 임하는 사람과 '자만심'에 빠져 "나는 어딜 가든 무조건 다 해낼 수 있어"라며 큰소리치는 사람. 과연 어떤 사람이 이후에도 계속 좋은 평가를 받을 수 있을까?

답은 불 보듯 뻔하다. 물론 어디를 가도 잘할 수는 있다. 하지만 지금 현재 머무르는 곳에서 내 자리를 제대로 마련하지 못한 채 떠나가면서 어디를 가서 잘하는 게 무슨 소용이 있는가? 과연 그곳에서도 꾸준히 능력을 발휘할 수 있을까? 잠시 잠깐 머물다가 또 다른 데 가면서 자기 능력을 부풀리기만 한다고 진짜 내 실력이 쌓이는 건 아니다.

물리치료사는 국내에서 제대로 인정받지 못한다. 그러다 보니 물리치료사에 대한 회의감으로 해외에 나가려고 준비하는 사람들이 상당수 있다. 그곳은 의료비도 비싸지만, 물리치료사가 의사와 동급인 '의료인'으로 인정받는다. 내 실력을 그대로 보여줄 수 있는 것이다.

하지만 그들이 착각하는 게 있다. 국내에서도 제대로 인정받지 못하면서 해외에 가면 무조건 잘 될 것이라는 오만함. 오직 대우받고 싶어서 떠난다면 고생길 예약이다. 그렇기에 나는 계속해서 실력을 쌓기 위해 지금도 공부하고 노력하고 있다.

자만심은 잠시 내려놓자. 지금 당신의 능력은 훌륭하다. 그 능력을 계속해서 키워나가자. 세상은 넓고, 배워야 할 것은 많다. 계속해서 내 능력을 갈고닦아나가면 자만심은 자존심으로, 자존감으로 바뀌게 되고, 진정한 전문가로 자리매김하게 될 것이다. 꼭 대단한 무언가가 되지 않아도 좋다. 내가 그렇게 생각하고 나아가면 '그렇게' 된다.

02

좋아하는 일 + 잘하는 일 = 하고 싶은 일

*

사람들 앞에 나서는 걸 좋아하는 사람이 있다. 지금은 국민 MC로 불릴 만큼 유명해진 유재석. 솔직히 개그맨 시절 코미디 할 때는 그렇게 와닿지 않는 개그 코드였다.

유재석이 아직도 욕 한 톨 먹지 않고 사람들에게 인정받고 사랑받는 이유는 뭘까? 아마도 이미 많은 분이 그 답을 알고 있을 것이다. 유재석은 자신이 진행하는 프로그램에 초대된 게스트들의 특성을 파악해서 잘 이끌어낸다. 어떤 말을 하게끔 유도해야 그 사람이 빛날 수 있는지 잘 알고 센스 있게 끌어내고 리액션 해준다. 그때마다 '갓 재석'이라고 해주고 싶다. 실제로는 어떤지 모르겠지만 TV 속 그는 자기 모습이 어떻게 해야 잘 나오는지 알고, 프로그램 자체를 즐긴다. 가끔 당황하는 모습이 보이기도 하지만 그 또한 그의 진실된 모습처럼 보여 신뢰가 간다.

〈런닝맨〉은 장수프로그램이다. 이전에 끝난 〈무한도전〉 또한 장수 프로그램이었다. 이렇게 오랫동안 사랑받을 수 있는 비결은 PD의 기획 능력도 있지만 기획에 참여해서 어떻게 하면 잘 연출될지, 시청자들이 좋아할지를 함께 고민하는 출연자들이 있기 때문이다. 특유의 배려심으로 촬영장 분위기를 이끌어가는 것 또한 성공 요인 중 하나다.

유재석은 좋아하는 일과 하고 싶은 일이 일치한다. 어쩌면 이전에는 일치하지 않았을지도 모르겠다. 그렇지만 일하면 할수록 일치시켜나갔고, 그것은 잘하는 일이 되었다. 처음부터 잘한 게 아니다. 잘해진 것이다. 그러다 보니 자연스럽게 브랜딩이 되고 수익화를 이룰 수 있게 되었다. 선순환을 이룬 것이다.

하루 대부분을 '일'에 보내는데 그 일이 재미가 없으면 얼마나 힘들까? 물론 일이 재미없을 수 있다. 하고 싶지 않지만 억지로 하고 있을지도 모른다. 일단 재미있게 하는 것부터가 시작이다. 재미없으면 재미있는 '척'이라도 하자. 무엇이든 찾아야 한다. 단순 반복 업무는 재미가 없지만 고객들과 대화하는 건 재미있다거나 복잡한 술식을 단순하게 계산해서 분석하는 게 재미있다거나 콘텐츠를 만드는 게 재미있다거나. 분명 무언가 하나쯤은 있을 것이다. 재미없는 것도 재미있게 해보자.

매일 반복되는 일이 재미없다면 내가 재미있고 흥미로워하는 운동을 접목시켜보자. 예를 들어 주로 서서 일을 한다면 그냥 서있지 말고 살짝 다리 벌리고 의자 자세처럼 취해서 스쿼시 운동을 해본다거나 다리 스트레칭을 해보는 거다. 그렇게 틈틈이 운동을 해서 몸이 좋아지면 일하는 게 즐겁다. 서있는 게 마냥 고욕스럽지만은 않아지는 것이다.

그럼에도 재미가 없다면 하기 싫은 일 억지로 하지 말고 찾아 나서는 걸 추천한다. 분명 있을 것이다.

일에는 보람이 있어야 한다. 보통 일에 소홀해질 때가 언제인 줄 아는가? 시대가 변해가며 새로운 것이 나올 때면 따라가지 못하거나 잘 모를 때 소홀해진다. 좋아하던 일이고 하고 싶던 일이었지만 하면 할수록 어렵고 잘 되지 않으니까 지레 겁먹고 포기해 버리는 것이다.

내가 좋아하는 일이라면 일단 참고 견디자. 잘 안된다면 왜 안되는지 그 이유를 찾아야 한다. 일주일에 한 번씩이라도 문제점을 찾아 공부하려고 하자. 바로 코앞에 보물을 놓고 땅파기를 그만둔다면 얼마나 아까운가.

나는 육아의 최고 난이도라 불리는 11개월 차이 연년생 아이들의 아빠다. 아이들 때문에라도 최대한 집에서 많은 시간을 보내려고 한다. 하지만 쉽지 않다. 주말에도 일을 해야 하는 입장이다 보니 함께하는 시간만큼은 양질의 시간을 보내려고 한다.

나는 주말만 되면 편도 1시간, 왕복 2시간 거리를 버스 타고 가서 강의한다. 처음 시작은 환자치료 제발 좀 제대로 하자는 마음으로 시작한 것이었는데 실력이 차츰 쌓이면서 사람들의 신뢰를 얻게 되었다. 나 혼자만 잘하는 게 아닌, 근본 원인을 찾아 최소한의 시간에 치료하는 방법을 알려 치료사들의 능력을 높이는 게 목표다.

나는 여타 교육기관처럼 홍보로 밀어붙일 생각이 전혀 없다. 작게 시작해서 꾸준히 끝까지 해가는 게 목표다. "우와"하고 눈이 번쩍 뜨이는 치료법이 아닌, 근본치료로 진짜 환자치료를 알려주고 싶다. 그러다 보니 교육생들을 많이 받지 못한다. 한번 시작하면 적게는 한 달, 길게는 두 달에 걸쳐 진행되다 보니 지금까지 누적 수강생이 20명도 채 되지 않는다. 그렇지만 만족도는 최상이다. 지금까지 이런 교육은 처음 받아본다는 생생한 후기가 가득하다. 앞으로도 계속해서 꾸준히 내 길을 갈 것이다.

게임을 한다고 하면 요즘 인식은 어떠한가? 예전에는 게임에 빠지면 패가망신한다고 했다. 특히 기성세대들이 안 좋게 많이 봐서 결혼을 반대하기도 했다. 이제는 완전히 달라졌다. 게임만 잘해도 돈 버는 시대다. 좋아하는 일이고 하고 싶은 일이기에 포기하지 않고 꾸준히 한 결과

'억대' 연봉의 프로게이머가 된 사람들이 있다. 내가 좋아하는 일, 하고 싶은 일이 계속해서 반복되자 '잘하는 일'이 되어버린 것이다. 게임은 재능의 영역이라고 하지만 재능이 있는 자가 중간에 포기를 해버린다면 재능을 발휘할 기회조차 없어진다. 어쩌면 세계 1등 게이머 '페이커'보다 더 유능한 게이머가 되었을지도 모르는 일이다.

포기하지 말자. 내가 좋아하는 것, 하고 싶은 것을 찾는 것만으로도 대단한 일이다. 무엇을 하고 싶은지도 모른 채 남들이 하라는 것만 하며 끌려가는 삶을 사는 사람들도 많다. 그러니 내 어깨에 손을 얹고 토닥여주자.

그동안 잘했고, 앞으로도 더 잘하자.

03

모르는 것을 무서워하거나
불안해하지 마라

*

　　나는 평일과　　주말을 각각 다른 삶을 살고 있
다. 평일에는 병원에서 일하고 주말이 되면 물리치료사 대
상 교육하는 교육사업가이자 강사로 일한다. 교육하면서
수강생들과 소통을 많이 하는데 수강생마다 교육을 받아
들이는 특징이 다르다.

　높은 연차 선생님들은 두 가지로 나뉘는데 A 부류는
"대충 이렇게 하니까 낫더라고요."라며 자신의 경험과 확
률적 루틴을 적용하고, B 부류는 연차가 높다 보니 배우고
는 싶지만, 차근차근 단계별이 아닌 치료 기술 테크닉을
배우고 싶어 한다. 두 부류 모두 기술 위주의 교육을 원한

다. 누가 쫓아오는 것도 아닌데 불안해하며 급하게 후루룩 배우려고만 한다.

물리치료라는 게 단순히 '마사지하는 법'을 알려주는 것이 아니라, 각 환자별 문진과 시진을 통해 정확한 진단과 분석이 필요하다. 이에 따라 치료 방법은 천차만별이다. 물론 환자들이 바쁘다고 빨리 안 아프게만 해달라고 요청하기도 한다. 그렇다고 너무 서두르지 말자. 중요한 것은 '정확한 진단'이다.

아무리 높은 연차라고 해도 습관이 되지 않으면 자꾸만 자신이 하던 루틴대로 하려는 경향이 있다. 여기서 멈추어야 한다. 절대 자기 자신의 지식을 과신하지 말자. 내가 아는 것이 다가 아닐 수 있다. 항상 기본으로 돌아가서 처음 마음 그 자세 그대로 진단, 분석해서 명확한 방법이 나와야 한다.

이제 막 사회에 나온 새내기들은 쉽게 받아들이고 실행한다. 높은 연차는 아무래도 그동안 일한 습관이 있다 보니 쉽지 않다. 그래서 나이가 들수록 '꼰대'가 되는가 보다. 꼰대는 남들이 만든 것이 아니다. 내가 스스로 만든 것이다. 꼰대에서 벗어나려면 새로운 것을 받아들이는 마음가짐이 필요하다. 내가 무엇을 모르는지, 무엇을 아는지 정확하게 알고, 현재 내게 필요한 교육은 무엇인지 파악해야 한다. 그런 다음에 공부하고 그대로 내 것으로 흡수해야 한다.

요즘 자세가 안 좋다 보니 거북목, 라운드숄더, 무릎 통증, 허리통증 등을 호소하는 사람들이 많다. 건강을 위해서도 운동과 관리는 필수다. 직장인들도 운동에 관심을 가지고 병원에 와서 "내 몸에 맞는 운동을 하려면 어떤 운동을 해야 하나요?"라고 질문하는 분들이 많다. 사람마다 다르지만 보통 많이들 알고 있는 국민스트레칭 정도를 알려준다. 호전이 되어 원래의 몸 상태가 되거나 자연스러운 동작이 완성되었을 때 그에 맞는 운동을 추천해 준다.

많은 운동법 중에 '크로스핏'이라는 운동을 추천한다. 치료 기준에서 봤을 때 이 운동을 했을 때 손상 없이 운동이 되어야 최상컨디션이자 관리가 된다고 생각한다. 크로

스핏은 미국의 '그레그 글라스만'이 만든 운동 방법론이 자 피트니스 브랜드이다. 여러 종목을 번갈아가며 훈련하는 운동방식인 '크로스 트레이닝'과 신체 단련을 뜻하는 '피트니스'가 합쳐져 만들어진 말로 특정 근육을 발달시키는 게 아니라 10가지 영역의 육체 능력을 골고루 극대화한다. 이 10가지 능력에는 심폐지구력, 최대근력, 유연성, 협응력, 민첩성, 균형감각, 정확성, 힘, 스태미나, 속도가 들어간다.

이 운동은 거칠고 스피드하고 하드 한 운동이기 때문에 대부분의 여성들이 처음에 많이 포기한다. 지레 겁먹고 시작 자체를 하지 않는다. 실제로는 여성분들에게 더 적합한 운동이자 더 잘할 수 있는 운동이다. 요즘은 크로스핏센터를 가보면 남성 여성 구분 없이 고르게 분포되어 있을 만큼 인기가 많다. 다만 거칠고 힘든 운동이기도 하고, 자칫 잘못하면 부상의 위험이 많기에 자기 몸의 상태 파악은 필수다. 숙련을 위한 연습도 필요하다.

처음 이 운동법을 알려주면 어려워하지만 곧 적응한다.

매일 달라지는 운동법에 지루하지도 않고 오래 할 수 있어 더 즐거워한다. 알기 전에는 그저 힘들고 어려운 운동인데 알고 나면 별것 아니다.

직장 일에만 머리를 쓰고 공부를 할 수는 없다. 취미도 가져야 하고, 자산관리 및 경제 공부도 해야 한다. 이 모든 게 새로운 도전이자 공부다. 처음부터 알지 못하는 건 당연하다. 모든 일은 배움의 연속이다. 아기가 일어서서 걷기까지 약 3,000번 정도 넘어진다고 한다. 걷기 시작하면 뛰고, 뛰면 또 새로운 세상이 펼쳐진다. 살아가는 내내 배움의 연속이다. 그러니 '배움'을 어렵게 생각하지 말자.

그동안 내가 살아왔던 습관, 그동안 먹었던 것, 그동안 해봤던 것만 하지 말고, 새롭게 도전해 보자. 그게 무엇이든 좋다. 두려워하지 말고, 한발 내디뎌보자. 모든 일에는 경험이 중요하다. 교과서에 나오지 않는 그리고 누구에게 배울 수도 없는 경험. 해봤던 일만 하려고 하지 말고 모르더라도 배우고 찾아서 부딪히고 경험을 쌓도록 하자.

'나' 라는 컵에 물이 가득 차면 비우던지, 컵을 더 크게 만들던지 해야 하는데, 그건 내 선택에 달렸다.

04

직급은 윗사람에게 받는 명찰일 뿐
무기가 아니다

*

직급 없는 회사? 그런 회사가 있을까? 있다. 찾아보면 꽤 많다.

그렇다면 직급은 있는 게 좋을까, 없는 게 좋을까? 보통 직급이 오를수록 하는 일은 줄어들고 관리 위주의 업무를 주로 하게 된다. 실질적인 일은 직급이 낮은 직원들이 하는데 관리를 한다는 이유로 돈을 급여는 많이 받아간다. 물론 실제 업무를 뛰는 것보다 업무 기획 및 관리가 하는 일은 없어 보이지만 더 힘들고 어려운 일이라는 건 안다. 문제는 실질적으로 그 업무를 하면서 지속적 성장을 하는 게 아니라 눈 가리고 아웅 하면서 허수아비처럼 급여만 받아가는 사람들이 많다는 것이다. 그러다 보니 기획 및 관리뿐 아니라 실무까지 할 수 있는 직원들을 찾게 되고, 직급이 없어지고 수평적 관계가 만들어진 것이다.

시대적 반영을 제대로 한, 오로지 '대리'만 존재하는 수평적 관계만 있는 회사. 서로 존칭을 쓰고 서로 맡은 업무에만 집중하고 서로 해야 할 것들은 토스해서 업무 효율을 높인다.

그렇다면 직급은 없는 게 더 좋을까? 앞에서 직급 없는 회사의 장점을 얘기했지만 단점도 있다. 대형 회사를 운영하기 위해서는 체계가 필요하고 그에 맞는 직급이 필요하다. 프로세스별 직무도 달라진다. 어느 정도는 필요하다는 말이다. 보통 직급이 올라갈수록 하는 일은 적어지고 월급은 많아진다. 여기서 주의해야 할 점은 '하는 일' 가짓수는 적어지지만, 그 일이 잘 실행될 수 있도록 기획하고, 관리하고, 책임까지 져야 하기에 그 무게가 무겁다. 월급은 왕관의 무게에 따라 책정되는 것이다.

'썩은 사과의 법칙'이 있다. 20개의 상자에 담긴 사과

중에 19개는 때깔 좋게 먹음직스러운데 딱 하나가 썩은 사과가 있다. 이 썩은 사과를 골라내지 못하면 나머지 19개의 사과는 금방 같이 썩어버린다는 법칙이다. 모든 회사가 다 그런 것은 아니지만 이 직급을 무기 삼아 직급이 낮은 직원을 불러 술을 마시고, 이유 없이 대리운전시키고, 집에 갈 때까지 고문하듯 앉혀놓기도 한다. 이런 썩은 사과는 도려내야 한다. 하지만 '직급'이라는 방패막이는 쉽사리 도려내기 어렵다. 결국 썩은 사과를 피하기 위해 똑똑하고 회사에 필요한 인재들이 알아서 그만둔다. 인재가 부족한 이유다.

혹시 나는 어떤 사람인가? 직급을 휘두르는 사람인가, 직급에 휘둘리는 사람인가? 둘 다 그다지 도움이 되지는 않는다. 직급은 그 회사에 있을 때만 통하는 것이다. 그만두고 나오면 아무짝에도 쓸모없는 휴지 조각 같은 것이다. 마치 높은 직급이 '나'라도 된 것 마냥 거들먹거리거나 으스대지 말자. 그것으로 어떤 것도 할 수 없다.

중요한 것은 내 가치를 올리는 것이다. 그러기 위해서는 늘 배움의 자세로 임해야 한다. 메타인지라는 것이 있다. 소크라테스의 '너 자신을 알라'와 일맥상통하는 말이다. 내가 부족한 것, 잘하는 것을 잘 알고, 계속해서 내 역량을 업그레이드시킬 수 있어야 한다. 그게 내 무기가 된다. 회사 내, 내 직급을 활용할 수 있을 때 활용하자. 직원들을 부릴 때 쓰라는 뜻이 아니라, 내 직급으로 활용할 수 있는 것들을 활용하자는 말이다.

예를 들어, 마케팅 부서에서 일하고 있다면 마케팅 업무에 대해서 완벽하게 파악하고 마케팅 기획 및 진행 과정 등을 직접 해봄으로써 내 것으로 만드는 것이다. 이런 능력들이 쌓이면 나중에 이직하거나, 전직할 때 내 무기가 된다.

물리치료사 초기에 근무한 병원에 자신의 직급을 남발하며 지각은 밥 먹듯이 하고, 반말과 명령조는 기본이었던 실장이 있었다. 모든 일을 우리에게 시키고 자신은 눈치를 보면서 나가서 쉬다가 오곤 했다. 오너는 그 사실을 아는지 모르는지, 실장이 자신의 세상인 것처럼 활개를 치고 다녀도 별 말이 없었다. 결국 나는 3개월 만에 그만두고 나왔다. 하루 만에 그만둔 사람도 있었다. 1년 이내 퇴사하는 직원이 많아지면서 소문이 안 좋게 났고, 결국 그 병원은 직원 구하기가 힘들어졌다.

참된 오너는 직원들의 역량을 개발시키고, 성장할 수 있도록 도울 것이고, 악덕 오너는 감정 쓰레기통으로 부려먹을 사람들을 직원으로 둘 것이다. 참된 오너와 함께 일을 하는 사람은 직급상 높다고 하여 그 누구에게도 함부로 하지는 않을 것이고 악덕 대표와 함께 일하게 된 사람은 악덕 그대로 조금 더 일찍 입사했다는 이유로 자기가 받은 그대로 돌려주려고 할 것이다.

조금 더 일찍 일을 했다고, 내가 좀 안다고, 내 직급이 조금 더 높다고 우쭐대지 말자. 정도의 차이만 있을 뿐, 곧, 내 자리를 다른 사람이 대신할 수도 있다. 직급에 연연하지 말고, 내 역량을 키우고, 직원들과 함께 동반성장 하는데 목표를 두자. 그게 진정한 나만의 무기가 될 것이다.

05

모든 사람은 '문제'를 해결해 줄 '무언가'를 원한다

*

"아이고 삭신이야. 온몸이 다 쑤시네. 희주야. 좀 주물러봐라."

가끔 시골에 내려가면 지인들이 온몸이 아프다며 내게 몸을 맡긴다. 가까이 살면 자주 들여다보고 만져줄 텐데 한 번씩 만지는 것만으로는 근본적인 치료가 될 수 없었다.

누나는 치과총괄실장으로 일하는 치과위생사다. 아무래도 치과에서 일하다 보니 허리와 목을 굽히고 구부리는 자세를 많이 취하면서 자주 아파한다. 사실 물리치료학과를 선택했던 이유 중 하나도 가족을 위해서였다. 가족들이 아프면 내가 옆에서 도와줄 수 있게 최고의 자리에 올라가고 싶었다.

단순히 물리치료, 도수치료를 잘하는 데만 머무르고 싶지 않았다. 치료 전에 예방할 수 있다면 얼마나 좋겠는가? 현대인들의 질병 중 하나가 바로 '거북목', '일자목'이다. 컴퓨터, 핸드폰을 자주 들여다보고 오랫동안 앉아있다 보니 척추에도 문제가 생긴다.

인간은 두 발로 걷는 동물이다. 엄마 뱃속에서는 완전한 굴곡 상태로 살다가 세상에 나와 적응하며 척추의 변화가 시작된다. 뒤집기를 시작할 때부터는 목에서 C 커브가 생겨나고 기어다니게 되면서 완전한 자리를 잡게 되어 힘을 줄 수 있게 된다. 그러다가 앉게 되면서 등에 힘이 생겨나고 걷기 시작하면서 허리의 만곡이 생겨 완전한 척추 모양이 잡히게 된다.

이때부터 어떻게 하느냐에 따라 척추의 형태가 바뀐다. 앉은 자세로 생활하면서 척추에 문제가 생기기 시작하는 것이다. 여기에 플러스 어릴 때 많이 듣던 엄마의 잔소리인 "등허리 펴라."가 더 큰 문제를 일으킨다. '아니 바른 자세로 앉아서 등 허리를 펴야 되는 거 아닌가? 왜 그게 문제가 되지?' 라고 생각할지도 모르겠다.

선 자세에서는 족부(발)가 제일 베이스가 되어 지면에 닿지만 의자에 앉으면 골반이 닿기 때문에 골반이 베이스가 된다. 이런 경우 등허리를 펴는 것이 아니라 골반을 세워서 앉아야 한다. 마치 서있는 것처럼 골반을 세우는 것이다. 척추는 선 자세에서는 통증 유발이 적다. 그렇다고 계속 서서 일할 수는 없기에 앉는 자세가 중요한 것이다. 의자는 앉는 자세를 좀 더 편하게 만들어주는 도구인데 이 의자가 문제가 되는 경우도 많다. 등허리를 기대어 앉는 의자는 오히려 척추에 안 좋은 영향을 미친다. 한때 자세를 바로 잡아준다는 '커블의자'가 대중들에게 인기를 끈 것 또한 이 때문이다. 바른 자세로 앉을 수 있도록 도와준다고 하니 앉아서 업무 하는 사람들이 너도나도 구매한 것이다. 잘 앉는다고 해서 척추가 치료되는 건 아니다. 하지만 바른 자세로 앉아서 척추질환을 예방하는 건 너무나도 중요하다.

나도 이런 의자를 만들고 싶어서 매일 밤마다 연구한다. 의자에 가만히 앉아있기만 하는 게 아니라 고개를 숙이기도 하고, 양옆으로 움직이면서 일을 하기 때문에 그런 경우에도 골반을 세워줄 수 있는 의자가 필요하다. 이런저런 실험을 하며 연구하고 있는데 곧 센세이션 한 발명품을 선보일 수 있을 것 같다.

또 하나는 개인의 체형교정에 관여하는 침대 만들기다. 코로나 이후 세상은 완전히 달라졌다. 재택근무하는 사람들도 늘어나고, 화상진료가 생기면서 침대에 누워서 생활하는 사람들도 많아졌다. 그만큼 자세가 안 좋아져서 목, 허리, 어깨 통증을 호소하는 사람들도 늘었다. 누워서 잠을 자기만 해도 체형교정이 된다면 얼마나 좋을까? 그걸 만들고 싶다. 물론 병원에서 직접 진단받고 치료받는 것보다는 효과는 적겠지만 어느 정도 체형이 교정되는 효과를 볼 수 있게 말이다. 한 집에 한 침대만 구매해도 온 가족이 모여 활용할 수 있어 친밀함도 높일 수 있다.

내 직업은 특성상 온라인으로 절대 할 수가 없는 일인데, 앞으로 나는 뭘 어떻게 해서 먹고 살 수 있을까? 지금 이 순간에 머물면 절대 성공할 수 없다. 변화에 민감하게 반응하면서 끊임없이 공부하고 연구하며 변화를 활용할 수 있어야 한다.

앞으로도 나는 끊임없이 연구하고, 새로운 것을 만드는 데 집중할 것이다. 발명가는 아니지만 아이디어는 충분하기에 협업을 통해 충분히 만들어낼 수 있을 거라 생각한다. 여러분들은 살면서 무언가 만들어 보고 싶다고 생각한 게 있는가? '불편한데 이것만 있으면 편하겠다.' 생각한 적 한 번쯤은 있을 것이다. 그런 생각을 생각으로만 넘기지 말고, 실행으로 옮겨보자. 세상에는 다양한 사람들이 있다. 누구나 협업하고, 파트너가 될 수 있다. 사람들이 불편해하는 것, 문제로 생각하는 것에서 아이디어를 찾아보자. 거기서 나만의 것을 찾을 수 있을 것이다.

06

스펙 말고 브랜드를 만들어라

*

좋은 직장에 취업하려면 무엇부터 해야 할까? 스펙 쌓기? 그건 예전에나 통하던 상식이다. 이제는 시대가 바뀌었다. 토익 몇 점, 봉사점수 몇 점, 해외 연수 몇 달 등의 스펙은 더 이상 차별점이 될 수 없다. 그보단 대체 불가능한 나를 만드는 것이 우선이다.

나는 물리치료사로서 가장 환자의 몸에 통달하고, 명확히 진단해서, 맞춤 치료법으로 단순 통증 제거가 아닌, 근본적인 치료를 하는 게 목표였다. 그게 환자를 위한 길이고, 내 사명이라고 생각했다.

너무 많은 물리치료사가 단순 스킬만 반복하며 마치 그

게 전부인 양 떠들 때마다 회의감이 들었다. 그렇게 하면 지금 당장은 안 아플 수 있지만 환자의 근본 원인이 해결되지 않았기 때문에 또 재발하게 된다. 그런 치료는 좋은 치료가 아니라고 생각했다. 그랬기에 낮은 연차부터 유명하다는 병원은 다 찾아다니면서 숨은 고수를 찾으려고 했다. 작은 것 하나라도 배울 수 있다면 기꺼이 움직였다. 그게 산골 오지라도 마다하지 않았다. 수많은 유명 물리치료사가 있지만 나는 '늘 성실하고, 변함없이 치료에 진심인 치료사'로 사람들 머릿속에 남고 싶다.

내 신념과 철학은 학회에서 강사활동으로 이어졌고 많은 물리치료사들에게 전달하면서 자연스레 브랜딩이 되었다. '강희주' 하면 '신념이 투철하고 환자에 진심인 사람'으로 기억된다. 내가 원했던 그대로 말이다.

'콜라' 하면 펩시보다는 코카콜라, '커피' 하면 스타벅스가 떠오르는 것처럼 나만의 것을 만들자. 이제는 개인 브랜딩 시대다. 누구나 자신 소유의 미디어를 갖고 쉽게 자기 생각을 마음껏 표출할 수 있다. 1인 1 브랜드의 시대가 열린 것이다.

누구나 다 하는 그런 스펙 쌓기 말고 내 스토리와 나만의 경험, 누구도 줄 수 없는 오직 나만이 줄 수 있는 이야기를 나누어보자.

나는 현재 물리치료사 신분으로 병원 부원장 직급을 달았지만 스펙만 쌓으려면 여기저기 다니며 경험을 더 쌓을 수 있었다. 외국에서 실제 해부 경험도 있었기에 다시 가서 배울수도 있었다. 하지만 스펙만으로 '나'라는 사람이 성장하기에는 작은 풍선에 갇힌 기분이었다.

인풋만 가득 채운 채 아웃풋이 없으면 절대 더 크게 성장할 수 없다. 나는 나를 차곡차곡 쌓아서 나를 브랜드로 만들었다. 불가능할 거라 믿었다. 하지만 어차피 내가 생각했던 목표였고 높게 보던 꿈같은 장벽이었기에 실행에 옮기기로 했다.

병아리 새내기에서 차근차근 긴 시간이었지만 8년 정도 공부하여 치료를 배웠고, 임상에 나와 일을 하며 환자를 다루는 방법을 터득했다. 그저 배운 것에 그치지 않고 나만의 방법으로 재해석했고, 강희주식 치료법이 만들어졌다. 직원들과도 어떻게 교감해야 밝은 분위기에서 서로 밀어주고 윈윈할 수 있는지 직원 관리 시스템도 함께 익혔다. 배움을 위해 이직을 12번이나 하면서 여러 타입의 오너(의사) 원장들을 보며 어떤 사람을 필요로 하는지, 어떤 인재가 되어야 할지 알 수 있었다.

길다면 길고, 짧다면 짧은 8년이란 시간 동안 수많은 환자 케이스를 봤다. 정말 다양한 케이스들을 모두 성공적으로 치료했다. 그렇게 한참을 달리다 보니 문득 한쪽 가슴이 뻥 뚫린 듯 허전했다. 나 혼자만 알기에는 전국의 물리치료사들에게 알려주고 싶은 것들이 너무 많았다. 이제 아웃풋, 그것도 동반성장을 위한 나눔의 아웃풋이 필요한 시기라는 것을 알았다. 그렇게 시작한 학회 강사.

학회 마크부터 네이밍까지 모두 하나하나 내가 직접 만들었다. 처음 운영해 보는 네이버 카페였지만 순조롭게 시작할 수 있었다. 스펙은 그럴싸한데 써먹지 못한다면 꽝이다. 만약 한창 잘나가다가 뭔가 꽉 막힌 듯한 기분이 든다면 '브랜드'를 만들 시기다. 브랜딩이 되지 않으면 이 이상 나아갈 수 없다. 그 누구도 흉내 낼 수 없는 나만의 브랜드를 만들자.

학력은 가장 낮은 단위의 스펙이다. 아직도 학력을 보는 곳이 있긴 하지만 거의 없어졌다고 보면 된다. 나는 고학력자가 아니다. 고등학교 졸업 후 4년 만에 겨우 대학을 갈 수 있었다. 그것도 지방의 작은 전문대학교. 하지만 학력은 내게 걸림돌이 되지 않았다. 물리치료사라는 직업은 임상 전문가로서 학력보다는 실력이었다. 박사학위에 알아주는 교수라 하더라도 실력 없이는 말짱 황이다.

지금까지 스펙을 쌓았다면 그 스펙으로 브랜딩 하자. 당신의 모든 경험과 지식과 노하우는 특별하다. 그 누구도 같은 것을 경험하지 못했다. 그러니 할 수 있다. 당신만의 브랜딩을.

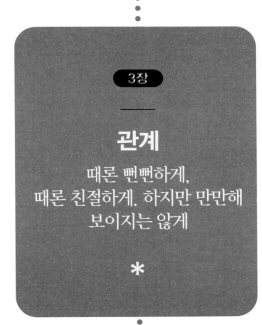

3장

관계

때론 뻔뻔하게,
때론 친절하게. 하지만 만만해
보이지는 않게

*

01

못 잡아먹어 안달 난 사람들

*

　직장생활을 하다 보면 부서 간에, 혹은 같은 부서 내에서 경쟁의 구도에 놓일 수 있다. 선의의 경쟁은 물론 필요하다. 약간의 질투는 더 열심히 공부하고 나아갈 수 있는 원동력이 되기도 한다. 자신을 위해 열심히 일하다 보면 회사도 성장한다. 서로에게 도움이 되는 아주 바람직한 경쟁이다.

　문제는 오로지 자기 자신의 안위만 생각하고 '함께 성장'이 아닌 오롯이 자기 자신만을 위한 성장에 초점을 맞추는 사람들이다. 이런 사람들은 전문성을 높이고 역량을 높이는 게 아닌, 윗사람에게 잘 보이고, 경쟁자를 깎아내리면서 사내 정치를 한다. 줄타기를 잘한 사람은 챙겨주고, 조금 엇나가면 바로 보복 조치가 들어간다. 가스라이팅도 자연스럽게 한다. 이는 모두 너를 위한 것이라고 하면서 말이다.

직장은 하나의 공간이다. 내가 성장하기 위한 곳. 내 역량을 키우고 내 날개를 달아줄 무기를 획득할 수 있는 곳. 이곳에서 내가 왜 성장하려고 하는지 명확한 목표와 함께 나아가야 직장을 잘 활용할 수 있다. 평생직장이 사라졌기에 더더욱 직장을 활용해야 한다. 앞으로 100년 이상은 살아야 하는데 한 직장 내에서만 머물 수는 없다. 그냥 주는 월급에만 만족하고 시간 때우기 식으로만 일하면 결국 도태된다. 이곳에서 무엇을 활용해서 내 무기로 만들지 고민하면서 새로운 것에도 도전하는 힘이 필요하다.

그런데 관계 때문에 힘들어 회사생활을 이어 나갈 수 없다면 이 얼마나 자원 낭비인가? 내 시간과 노력이 헛되이 될 수 있다. 실은 함께 성장하는 것이 가장 멀리 나아갈 수 있고, 나 또한 더 크게 성장할 수 있다는 것을 모르기에 그러는 것이라 생각한다.

직장 동료끼리 한 끗 차이로 서로를 미워할 수도, 의지할 수도 있다. 하루 대부분을 보내는 회사에서 매일 경쟁하고 시기하고, 의심한다면 얼마나 스트레스 받고 힘들까? 조금만 내려놓자. 그렇게 아등바등하지 않아도 내가 한 만큼 돌아오게 되어 있다.

감성적이고 성공적인 삶을 사는 이탈리아 철학자 '프랑코베라로 디'는 한국의 사회를 이렇게 표현한다.

"한국교육이 만든 한국의 새로운 계급 '학급' 아이들이 사회생활을 하기도 전에 자살. 한국 사회의 특징은 '한국의 극단적인 개인주의' 공중도덕조차 개인주의. 한국은 '일상의 사막화' 여유롭지 않고 항상 쫓기듯 생활 리듬의 초 가속화. 한국은 '강력한 현대 허무주의에 순응해버린 나라'라고 표현한다. 한 명의 천사가 날개를 펴기도 전에 세상과 등 저버리는 자살률 1위 한국이다."

안 좋은 것만 다 1등인 한국. 너무 안타깝지 않은가? 지역 내 이기주의도 마찬가지다. 장애인 시설은 생길수록 불편한 사람들에게 힘이 되는 장소이다. 하지만 아파트 값이 떨어진다는 이유로 반대하고 청원하는 사람들이 있다. 임대주택 또한 갈 곳 없는 사람들을 위해 나라에서 지어주는 집인데 자기 집 값 떨어진다며 반대하는 사람들이 있다. 직장 내에서는 어떠한가?

P 병원은 규모는 아주 크지만 치료실 직원이 자주 바뀌던 곳이다. 보통 직원들은 치료 이외에 차트 정리나 청소, 치료기구 정리까지 해야 한다. 그런데 새로 온 직원에게 아직 적응을 못 했다는 이유로 치료업무에서 빼고 뒤처리를 대부분 맡겼다. 물론 처음 1~2주는 전체적인 시스템에 적응할 겸 본격적인 치료업무를 하기 전 정리를 하면서 볼 수 있도록 '배려' 해줄 수는 있다. 말 그대로 '배려' 다. 기존 직원들이 기득권을 차지할 수 있도록 '이용' 하는 게 아니다. 빨리 치료 방법을 알려주고, 치료할 수 있도록 해야 병원 입장에서도, 직원들 입장에서도 좋다. 업무에 투입되

는 만큼 매출도 오르고, 직원들의 손도 덜 바빠지기 때문이다. 무엇보다 열심히 공부하고 힘들게 면접 보고 취업한 사람에 대한 예의도 아니다. 치료 방법과 시스템을 배우기 위해 취업한 직원에게 허드렛일만 시킨다면 오래 버틸 수 있을까?

P병원은 선, 후배사이가 극명하게 갈라져 있는 데다 후배는 무조건 선배를 뒷받침해 주며 정리 정돈 및 환자 준비만 해야 하는 시스템이었다. 그곳에서 나 또한 신입으로서 아침 일찍 출근해서 퇴근할 때까지 설교와 괴롭힘, 혼나고 청소만 했다. 결국, 버티지 못하고 그만두었다.

N병원에서는 가스라이팅을 당했다. 내가 직접 당한 건 아니고 내 동료가 당했다. N병원의 실장은 마음이 많이 아픈 사람이었다. 누군가를 욕하면서 자신을 채우는 사람이었다. 항상 자신의 얘기를 들어줄 사람을 찾아내어 그 사람을 붙들고 남욕을 하는데, 내 동료가 레이더망에 걸린 것이다. 실장은 진료 중에도 중간중간 틈이 생기면 그때마다 불러서 다른 사람을 까내리는 욕을 하고, 퇴근 후에도

불러서 다른 사람 험담을 했다. 별로 듣고 싶지 않은 남의 욕을 밤 10시까지 듣는다고 생각해 보라! 정말 엄청난 고욕이었을 것이다.

한참 듣다가 누군가 먼저 집에 가야 한다고 일어서면 다음날 그 사람이 험담의 당사자가 되어있었다. 단순히 험담만 하는 게 아니었다. 치료할 때 일부러 환자를 분배하지 않거나 환자나 다른 업무 파트 직원에게 이간질을 해서 제대로 일을 할 수 없게 만들었다. 결국 동료는 버티지 못하고 그만두었다.

직장은 작은 사회다. 이곳에서 매일 얼굴을 마주 보며 하루에 10시간 이상 근무하는데 좀 더 웃으면서 즐겁게 일할 순 없을까? 코스모스처럼 봄부터 시작해서 천천히 기다리면 가을에 가장 예쁜 꽃이 되는 것처럼, 지나간 시간보다 다가올 시간들이 더 행복해야 하는 법이다. 개인의 욕심보다 '우리의 욕심'을 가지도록 해보자. 못 잡아먹어 안달 난 사람들에게서 나를 지킬 수 있어야 한다. 무엇보다 내가 그런 사람이 아닌지 되돌아보자.

02

테이커는 빠빠이! 과감하게 끊어라

*

왜 사람들은 인간관계를 힘들어하면서 끊어내지 못할까? 너무 궁금해서 주변 사람들에게 물어본 적이 있다. 그랬더니 답이 너무 놀라웠다.

"내가 필요할 때 찾을 수 있으니까.", "경조사가 있을 때 연락 돌려야 하니까." 등의 필요에 의해서 어쩔 수 없이 참는다는 대답에 조금은 할 말을 잃었다. 과연 그렇게 해서 만든 인연이 끝까지 갈 수 있을까? 다 떠나서 그렇게 해서 경조사에 찾아온다고 한들 그게 무슨 의미가 있을까? 나는 정말 진심으로 고마워할 수 있을까?

결국 부정적 관계의 사람은 어찌어찌 시간을 끈다고 해

도 더 안 좋아지거나 언젠간 정리하는 날이 오게 된다. 직장 내 상사거나, 학교 교수거나 여타저타 여러 가지 이유로 상대방의 무례를 참으면 그들은 당연한 줄 알고 계속해서 무례를 지속한다. 나중에는 나 또한 '이래도 되는 건가? 왜 이러는 거지?' 라는 생각에서 '이렇게 할 수도 있지. 내가 잘못했나 보다.' 라는 이상한 생각으로 이어질 수 있다. 처음부터 잘라내야 한다.

나에게 무엇을 바라며 다가오는 사람, 본인이 이만큼 해줬으니 나에게도 이만큼 해줘야 한다며 바라는 사람은 전형적인 테이커다. 테이커란 'Take + er' 로 가져가는 사람을 말한다. 자신은 아무것도 주지 않으면서 바라기만 하는 사람으로 바만큼 주지 않으면 오히려 화를 낸다. 아무리 잘해주고 다 주어도 조금만 틀어지면 자기가 배신을 당했고, 자기가 손해를 봤다며 펄떡펄떡 뛴다. 기브 앤 테이크라는 말이 왜 있겠는가? 상생하는 사회에서는 서로 주고받아야 하는데 가져가기만 하려고 하면 부정적인 영향을 줄 수밖에 없다.

이런 사람은 과감하게 끊어야 한다. 앞길 방해밖에 안 된다. 내면에 악마가 있는 인간의 탈을 쓴 사람과 악마처럼 보였지만 실은 따뜻한 내면을 가진 사람을 구분하자.

　　수년 전에 아끼던 후배가 있었다. 학교 다닐 때부터 알던 동생인데 무엇이든 하나하나 돈으로 따지던 친구였다. 이 동생과 관계를 유지하려면 기브 앤 테이크를 철저히 지켜야 했다. 자신이 5,000원을 썼는데 그 이상을 못 얻어먹으면 뒤에서 험담을 했다. 그 외에는 일상생활에서 불편함이 없었고, 나를 잘 따르기도 해서 연락하고 지냈다. 그러다 동생이 취직을 못 하고 있다는 말에 병원에 소개해서 취직도 시켜주고 월급도 이전 급여의 3배 이상 받게 해 주었다.

　　잘 챙겨준 덕분일까? 내가 힘들었던 시기에 어떻게 알고 찾아와서 나를 챙겨주었다. 그 당시 얼마나 고맙던지. 두고두고 갚아야겠다고 생각했다. 얼마 후, 내가 일하는 병원에서 직원이 부족해 구인 공고를 올렸는데 우리 병원에 취업하고 싶다고 연락이 왔다. 이전 병원에서 중간관리자를 탐내면서 일하던 친구였기에 조금 걱정이 되었지만 '설마 나한테까지 그러겠어?' 하는 마음에 합격시키고 함께 일하게 되었다.

처음에는 정말 열심히 했다. 그런데 날이 갈수록 우리 병원 시스템에 자기 뜻대로 되지 않는 일이 생기면 불만을 품고 나의 지인이라는 것을 이용하여 직원들에게 이것저것 명령하며 화를 내는 것이다. 그때마다 그를 다독이고 대화하는 일이 일상이 되었고, 그의 마음을 풀어주느라 밥값도 적잖게 나갔다.

여기까지는 크게 문제라고 생각하지 않았다. 충분히 커버할 수 있는 일이라 생각했다. 그런데 어느 날인가부터 술을 마시고 정말 입에 못 담을 쌍욕을 하면서 내 이름을 부르는 게 아닌가. 술김에 그럴 수 있지 하고 다음 날 아무렇지 않게 넘어갔더니 차츰차츰 본인 일에도 잘 풀리지 않으면 내 탓을 하기 시작했다. 심지어 원장님께 가서 나에 대해 이런저런 이간질을 하는 게 아닌가? 원장님께서는 현명하시기에 감사하게도 한 번 더 나에게 확인을 해주셔서 큰 문제는 없었지만, 동생의 행동은 당황스러웠다. 알고 보니 동생의 목적은 처음부터 내가 있는 자리였다. 나를 밀어내고 자신이 내 자리에 앉으려고 했던 것이다. 아무리 발버둥 쳐도 자기 뜻대로 되지 않자 사직서를 내고 그만두었다.

이 동생은 이전의 세 군데 병원에서 똑같은 일을 해놓고 나한테까지 와서 같은 행동을 반복한 것이다. 이미 그전 병원에서의 행동을 알고 있었음에도 나는 '설마'라는 생각에 기회를 줬고, '역시나'가 되어버렸다. 사람은 쉽게 변하지 않는다. 그걸 알면서도 믿고 싶었다. 돌아온 건 배신이었지만 말이다. 나는 당시에 여러 번의 기회를 주었다고 생각했기 때문에 그 후로 연락하지도, 받지도 않고 인연을 끊었다.

어느 방송에서 신동엽 씨가 한 말이 기억에 남는다. 그는 평소에는 장난기가 많고 유머러스하지만, 가끔 깊이 있는 말을 남길 때가 있다. 그가 한 말 중에 특히 기억에 남는 말은 "모든 사람들에게 다 괜찮은 사람으로 보이고 싶어 하면 굉장히 힘들어져요. 다른 사람의 눈빛과 표정으로 내 행복을 결정할 필요가 전혀 없어요."이다. 그는 실제로 이런 사람과 관계를 정리한 적이 있다고도 덧붙였다.

"다른 사람을 험담하면 나에게 언젠가는 돌아올 거예요. 그리고 나에게 와서 다른 사람을 험담하는 사람도 저는 멀리해요. 언젠가는 저에게 돌아오는 일이거든요."

신동엽 씨의 말에 전적으로 공감한다. 누군가를 험담한 다는 건, 곧, 나 또한 그 '누군가'가 될 수 있다는 뜻과 같 다. 함께 손뼉을 치며 험담할 것이 아니라 슬며시 그 자리 를 피하자.

어떤 이는 목적 있게 다가와 잘해주는 반면 어떤 이는 진심으로 걱정하며 공감하려는 이가 있다. 이 둘은 참 헷 갈릴 때가 있다. 목적이야 어쨌든 겉으로 보기에는 그 사 람을 위하는 것 같으니까. 그런데 시간이 흐르면 보인다. 목적이 있는 사람은 목적을 이루지 못하면 조급해지면서 결국 자신의 밑천을 드러내고 사라진다. 어쩌면 내 밑바닥 까지 챙겨주면서 아끼는 척하지만 실은 내 밑바닥을 보며 즐거워하고 있을지도 모른다.

무조건 잘해준다고, 모든 것을 주지 말자. 가져가려고만 하는 테이커는 과감하게 끊고 빠바이 하라! 나를 지키는 지름길이다.

03

충고와 참견, 그 사이 어딘가

*

"모든 잘못이 엄마에게 있는 것처럼 느껴지는 상황이 불편합니다. 아이에게 가족 모두가 하나임을 깨우쳐줘야 할 때예요."

TV 프로그램 〈금쪽같은 내 새끼〉의 '엄마만 거부하는 11세 딸'에서 오은영 박사의 조언이다. 〈금쪽같은 내 새끼〉는 소아청소년과 원장이자 정신의학과 전문의 오은영 박사와 여러 출연진이 나와 부모와 아이들의 문제를 조언해 주고 코치해 주는 프로그램이다. 나는 이 프로그램을 즐겨보는데 특히 2021년에 방영한 엄마만 거부하는 11세 딸 이야기가 기억에 남는다.

아이의 이상행동은 실은 할머니와 아빠의 엄마를 무시하는 행동으로 인한 것이었는데 보는 내가 화가 날 지경이었다. 방영되고 나서도 인터넷상에서 한참이나 떠들썩할 정도로 큰 반향을 일으켰다.

할머니가 대장, 그다음이 아빠. 엄마는 힘이 제일 약한 죄인이었다. 아이가 보는 앞에서 대놓고 엄마를 무시하는 할머니, 이이 보는 앞에서 엄마를 함부로 대하는 아빠. 대장에게 잘 보이려고 사랑하는 엄마를 멀리할 수밖에 없는 아이. 내성적인 성격에 아무 말하지 못하고 가스라이팅 당하며 숨도 못 쉬고 산 엄마.

할머니와 아빠가 한 행동은 지나친 참견이었다. 그것도 사적인 감정이 가득 들어간 참견. 할머니는 아이를 위해서라도, 자기 아들을 위해서라도 한 발 물러나야만 했다. 아들이 결혼하면 '아들'이 아니라 '아이의 아빠'로 봐주어야 한다. 그래야 가정이 지속될 수 있다. 오은영 박사는 그들의 행동을 지적하며 충고했고, 가족이 해체되지 않으려면 어떻게 해야 할지 조언해 주었다.

충고와 참견, 어찌 보면 비슷한 듯하지만 완전히 다르다. 충고는 진심으로 그 사람을 걱정하고 생각하는 마음이 담겨있지만, 참견은 상대방의 생각보다는 본인 생각이 가득하다. 사전적 의미에서도 참견은 '자신과 별로 관계없는 일이나 말 따위에 끼어들어 쓸데없이 아는 체 하거나 이래라저래라 함'이라고 정의한다. 여기서 중요한 건 '쓸데없이'다. 상대는 전혀 기대하지 않고, 바라지 않는데 '쓸데없이' 자꾸만 끼어드는 건 좋지 않다.

나는 충고와 참견 그 사이 어디선가 맴돌다 결국 한 사람을 잃었다. 앞서 얘기한 선배다. 같은 병원에서 함께 일하고 싶어 내가 먼저 불렀지만 결국 내가 관리하던 병원을 내어주고 병원을 떠났다. 그 당시에는 최선을 다했다고 생각했지만 지금 생각해 보니 어쩌면 내 참견으로 인해 그렇게 된 게 아닌가 하는 생각이 든다. 물론 선배도 잘한 게 없지만, 중간관리자로서 조율하기보다는 거만 떨며 참견만 했던 사람으로 느껴졌을지도 모른다.

우리는 직장생활을 하거나 친구 관계, 가족 사이에서도

충고와 참견 그 사이 어딘가 쯤에 있다. 때론 충고가 참견으로 느껴지기도 하고, 참견이 충고로 느껴지기도 한다. '나'를 생각한다는 말로 내 가슴을 후벼 파기도 하고, 내가 원하는 일을 못 하게 끌어내리기도 한다. 실은 자신도 해 보지도 못했으면서 "그건 안 되는 일이야. 너한테 안 어울려. 그냥 직장이나 다녀.", "야 요즘 주식 박살이 났는데 그걸 한다고? 그냥 하던 일이나 해."라며 상대방을 평가 절하한다. 충고라는 이름으로 '못난 사람'이라며 가스라이팅 한다. 그건 충고가 아닌, 참견이자 끌어내림이다. 때론 말없이 응원해 주는 게 더 큰 사랑일 수 있다.

철이 들수록 더 어려워지는 게 충고인 것 같다. 괜히 어설프게 이야기하면 좋은 뜻도 '꼰대' 소리를 들을 수 있고, 내 의도와 다르게 지나친 참견으로 변질될 수 있기 때문이다. 좋은 의도의 충고가 오해를 불러 남에게 상처를 주거나 좋은 관계를 깨트릴 수도 있으므로 더더욱 조심해야 한다. 상대방과 나와의 관계를 생각하고, 상대방이 자존감이 낮은 상태이거나 삐딱한 상태라면 둘 사이의 관계를 악화

시키는 독이 될 수 있으니 조금 시간을 두고 기다려주거나 주의할 필요도 있다.

충고는 고심 끝에 해주는 이야기지만 부담스럽지 않게, 조금 가볍게 툭 던지듯 이야기해 줘야 상대방이 고칠 여유와 선택의 기회를 얻는다. 결국 결정은 본인이 하는 것이니 너무 지나치게 무겁게 다가가지 말자.

충고 받는 처지에서도 마찬가지다. 분명 상대방은 내게 오해 없이 전달하기 위해 수많은 고민 끝에 얘기한 것이다. 진심 어린 충고는 진심으로 고맙게 받아들이자. 단, 내 생각과 다르다면 충분히 고민 후 얘기하자. 충고를 무조건 받아들일 필요는 없다. 그렇다고 무조건 거절하는 것도 아니다. 결국 선택은 내가 하는 것이니 가볍게 주고, 가볍게 받아들이자.

"진정한 충고란 그 사람이 가진 자질 100개 중 하나를 바꾸는 거예요. 내가 던진 작은 힌트가 실마리가 되어서 그 사람에게 도움을 줄 수 있어야 진정한 충고입니다."

"만약 제 한마디로 위로받았다면 그건 말이 훌륭해서가

아니라, 당신 스스로 살릴 수 있는 힘을 가지고 있었기 때문입니다."

《이 한마디가 나를 살렸다》 책의 한 부분이다. 충고는 충고로 받아들이되 내가 스스로 변화하는 힘을 기르는 것 또한 꼭 필요한 일이라는 것을 잊지 말자.

04

지나친 배려는 오히려 나를
힘들게 한다

*

"누나는 자기주장이 너무 없어서 내가 모든 걸 책임져
야 하는 게 힘들었어."

2016년 JTBC 〈말하는 대로〉에 개그우먼 장
도연 씨가 출연해서 절친 양세찬 씨의 말을 듣고 충격받은
이야기를 들려주었다. 그로부터 시간이 꽤 지났지만, 그때
의 장도연 씨 사연이 마음속 깊이 남아있다.

장도연 씨는 양세찬 씨와 2년간 함께 프로그램을 진행
했는데 회의 때마다 늘 다 맞춰주어서 싸움이 없었다며 자
랑하듯이 말했다. 그런데 얼마 전 양세찬 씨에게서 힘들었
다는 얘기를 들은 것이다. 장도연 씨는 "평소 소심한 성격

때문에 다른 사람들을 배려해 '의견이 없어 보인다' 라는 이야기를 들어요."라고 덧붙였다. 이에 만화가 이종범 씨가 "세찬 씨 입장에서 부하가 필요했던 것이 아닌, 함께 책임질 파트너가 필요했던 게 아닐까요?"라고 말했다.

양세찬 씨는 동료로서 적극적인 의견제시와 아이디어 논의를 원했을 것이다. 그런데 묵묵히 듣기만 하고 좋다고만 하니 본인이 스스로 결정해야 하는 모든 상황이 부담으로 다가왔을지도 모른다. 지나친 배려는 안 하느니만 못하다. 오히려 '지금 이걸 나보고 다하라는 건가?', '좋다는 거야 안 좋다는 거야. 왜 정확하게 의견을 말하지 않지? 답답해.' 라고 생각할 수 있다.

배려하는 입장에서도 마찬가지다. 나는 배려라고 해서 했지만, 상대방이 원하지 않는 배려이거나, 나는 최선을 다했음에도 인정받지 못한다면 속상해진다. 오히려 나를 더 힘들게 하는 것이다. 그런 배려는 이제 그만하자.

《관계가 풀리는 태도의 힘》의 저자 샤토 야마토는 레이 법률사무소 대표변호사다. 그는 법률사무소에 찾아오는 분들과 상담할 때 상대의 기분을 지나치게 배려하지 말라고 말한다. 배려하다 보면 실제로 '사건 해결'을 하기 힘들다는 것이다. 사건 해결하러 왔는데 상대의 기분을 배려하다가 아무것도 해결하지 못하면 무슨 의미가 있겠는가? 때로는 단호함도 필요하다.

너무 타인의 기준에 맞추다 보면 내 색깔은 잃어버린 채 내가 뭘 좋아하는지, 내가 뭘 잘하는지 찾기 힘들 수 있다. 때로는 의견을 내지 않아 상대방으로부터 책임을 회피하는 것으로 오해받을 수 있다. 상대를 생각해서 한 행동이 오히려 안 좋은 영향을 줄 수 있다는 것이다. 또 내 노력에 대한 보상심리가 발동해서 '내가 이만큼 배려했는데 어떻게 그럴 수가 있어?' 라며 내가 기대한 반응이 없어 상처받기도 한다.

몇 년 전, 출근길에 늘 마주치던 한 사람 때문에 엄청난 스트레스를 받은 적이 있다. 꼭 그 시간, 그 칸에서 마주쳤는데 늘 내 발을 밟고 지나갔다. 지하철에서 내릴 때마다 자꾸만 밟혀서 아프기도 아팠지만 짜증이 났다. 신고 있는 신발이 전투화 같은 워커다 보니 딱딱해서 밟히면 정말 아팠다. 밟힌 날은 절뚝거리면서 출근해야 했다. 일부러 그런 것 같지는 않고 핸드폰을 보다가 자기도 모르게 그런 것 같아서 그냥 넘어갔다.

어느 날은 부딪히기 싫어서 멀찌감치 떨어져 있었는데 다른 사람에게 똑같이 그러는 것을 목격했다. 그 후 며칠이 지나서 또 마주쳤다. 이번엔 발을 밟히지 않으려고 먼저 내리라고 기다려줬는데 내리지 않길래 내가 먼저 내리려고 몸을 트는 순간, 뒤에서 핸드폰을 보다 늦게 종착지를 확인 한 건지 갑자기 나를 밀치며 내리는 것이 아닌가. 나보다 키도 크고 덩치가 비슷해서 나는 넘어지며 지하철 문에 부딪혔고, 겨우 붙잡고 일어서서 내렸다. 그동안 나름 배려를 해주었는데 제대로 다칠 뻔하자 아무것도 눈에 보이지 않았다.

위를 쳐다보니 그 사람은 계단을 올라가고 있었다. 얼른 뛰어 쫓아가서 몸을 잡고 던져버렸다. 전광판에 쾅 내동댕이 쳐지더니 쓰러져 앉아서 있길래 소리치며 따졌다.

"저번부터 참았는데 왜 자꾸 밀고 지나가세요?"

상대방은 당황했는지 "저한테 왜 그러세요?"하는 게 아니가? 역시나 자신도 모르고 그런 게 틀림없었다. 하지만 모르고 그랬다고 해서 잘못이 없는 건 아니다. 그 사람으로 인해 피해 본 사람이 여럿 있었고, 나는 여러 차례 당했다. '그럴 수도 있지' 라고 넘어가기엔 참을 수 없었다.

"저번부터 사람 발을 밟고 지나가고 밀치고, 당신 때문에 저 지하철 문에 걸려서 큰 사고가 날 뻔했어요. 기억 안 나세요?"라고 소리쳤다. 그제야 죄송하다고 다음부턴 조심하겠다고 사과했다. 그 후로 아침 시간 지하철 그 칸, 그 시간대에 더 이상 보이지 않았다.

직장 내 중간관리자로 일하다 보니 내 업무뿐만 아니라 업무 흐름이 잘 돌아가는지 중간중간 체크한다. 혹시나 직원이 혼자 분리수거나 쓰레기를 버리고 있으면 얼른 같이 가서 버려주고, 업무 중 힘들어하는 모습을 보이면 내가 도움 줄 수 있는 게 뭔지 빠르게 스캔해서 도와주었다. 간혹 업무가 밀려서 퇴근이 늦어지면 직원들이 힘들까 봐 먼저 가라고 하고 내가 대신 늦게까지 남았다. 이렇게 하면 다른 직원들도 스스로 알아서 도와줄 것이라 생각했다. 내 큰 착각이었다.

아무리 내가 중간관리자로서 관리를 해야 한다고 하더라도 직원들은 아무런 배려 없이 그저 배려만 받아야 된다는 뜻은 아니다. 그런데 직원들은 마치 그 모든 업무들이 내 것인 것 마냥 당연하게 생각했다. 오버타임을 하면 당연히 내가 남아줄 것이라 생각하고 퇴근 준비를 했고, 내가 일이 있어 일찍 퇴근해야 한다고 하면 불만스러운 표정으로 쳐다봤다. 내 몸이 힘들어 조금 쉬고 있으면 놀고 있는 줄 아는 건지 불만으로 쌓였다.

그러면서 직원들은 잠시라도 틈이 나면 누워있거나 쉬었다. 물리치료사라는 직업이 몸으로 하는 일이기에 고되다. 잠깐 숨 돌릴 시간이 있으면 쉬어주어야 또 힘을 내서 일할 수 있다. 당연한 것이기에 서로 배려를 해주는 것인데, 이상하게 그 배려는 내게 오지 않았다. 어느 순간 내가 잘하는 건 당연한 것이고, 못하면 욕먹을 일이 되어버렸다. 당황스러웠다. 하지만 인정해야 했다. 내 잘못이었다. 내가 그렇게 만든 것이었다.

아이들은 무엇이든 처음이다. 옷을 입는 것도, 대소변을 가리는 것도 모두 처음이다. 그 처음을 하나하나 알려주는 게 부모의 몫이다. 만약 아이가 옷을 입는 게 서툴다고 부모가 대신 해준다면 아이는 '옷 못 입는 아이'가 되어버린다. 그러다 부모가 "이제부턴 네가 스스로 입어."라고 한다면 황당할 것이다. 지금까지 입혀줘 놓고 갑자기 스스로 입으라니? 이미 당연시되어버린 일을 내게 하라고 하면 화가 날 것이다. 아이의 잘못이 아닌, 부모의 잘못인 것이다.

이제 모두 내려놓자. 상대가 도움을 요청한 것도 아닌데 '배려'랍시고 나서지 말자. 상대는 그런 배려를 원하지 않았을지도 모른다. 가끔은 지나치게 배려를 강요하는 사람에게 뻔뻔하게 내 생각을 말해도 좋다. 상대를 무시하라는 말이 아니다. 상대의 의견도 존중하되 내 의견도 내어 더 좋은 방법을 찾아가는 것이다. 배려하다가 정작 중요한 '문제'를 놓치지 않도록 하자. 우리가 지금 대화하는 것은 어떤 문제를 해결하기 위함일 수 있고, 방법을 찾기 위함일 수 있다. 하다못해 점심 뭘 먹을지를 정하는 것도 남에게 맡기지 말자. 내 의견을 내는 연습을 하는 것이 필요하다.

05

유형으로 보는 세상, 과연
그게 맞을까?

*

MBTI의 세상이다. TV 프로그램이며, 유튜
브며, SNS며 여기저기 MBTI 얘기로 떠들썩하다. MBTI
를 모르면 도태될 것만 같다. 무슨 말만 하면 "아 넌 J 성
향이구나?", "넌 P라서 그런가 보다."라고 말하며 유형으
로 연결한다.

과연 MBTI는 정확한 걸까? 나의 MBTI는 INFJ이다.
성향표를 보면 진짜 나랑 비슷한 것 같다. '맞아. 나도 그
런 성향인데' 라며 맞장구를 친다. 하지만 이 성향이 '나'
를 나타내는 건 아니다. 나는 그보다 더 복잡하고, 미묘하
다. 그런데 16가지로 사람들을 짜 맞춰 넣어 여기에서 조

금만 비켜나면 외계인 보듯 한다. "이상하네. 너 J인데 왜 그래?"라며 말이다.

세대가 교체되고 새로운 삶의 방식들이 생겨나면서 새 시대에 따라가려면 어느 정도 알아야 하는 것은 맞다. 성향을 미리 알고 있으면 대화하거나 설득할 때, 혹은 보고할 때 참고할 수 있어 좋다. 딱 거기까지다. 확대해석해서 '이 사람은 나와 맞지 않아'라며 선을 긋고, 유형으로만 나눠서 평가해서는 안 된다. 이러다간 직장에서도 성향별로 구인 구직을 해야 할 판이다.

실제로 그렇게 면접 보는 곳이 있다. 지인 A는 얼마 전 면접을 봤는데 거기서 MBTI 적성검사를 해서 제출하라고 했다고 한다. 작성해서 냈더니 그 성향에 관한 질문을 주로 했다고 한다. 실질적인 업무역량에 대한 파악보다는 성향에 관한 질문이 주를 이루어서 특이했다고 한다. A뿐 아니라 주변인들 사이에서 이런 이야기는 심심찮게 들려온다.

성향에 따른 질문을 통해 파악하려는 것은 좋은 의도

이지만, 우리가 모두 성향대로 살아가는 것은 아니다. 업무역량이 뛰어나고 업적을 세운 사람의 성향은 특별할까? 같은 유형이더라도 누군가는 성공하고 누군가는 도태된다. 왼손을 쓰는 사람이 있으면 오른손을 쓰는 사람이 있고, 양손을 쓰는 사람이 있다. 유형으로만 사람을 평가하지 말자.

흔히 리더는 외향적이고 적극적인 이들이 더 많다고 알려져 있다. MBTI 유형으로 치면 ENTJ 역시 '지도자형'이라 표현하고 '비전을 가지고 사람들을 활력적으로 끌어감'이라고 적혀 있지만 전혀 다른 내향적인 INFJ 결과가 나온 사람이 더 성공하기도 한다. I형이지만 외향적으로 보이는 사람들이 있고, E형이지만 혼자 있는 걸 좋아하기도 한다. 사람을 파악할 때 참고만 하고, 재미로만 활용하자.

우리는 왜 이리 성격에 관심이 많을까? 그리고 왜 성격의 여러 측면을 상반된 형질로 인식하고 그 차이에 주목하는 걸까? 아마도 비슷한 사람끼리 묶어서 동질감을 느끼고 싶어서가 아닐까? 혼자서는 살기 힘들고, 사회라는 울타리 속에서 함께 사는 이유일 것이다.

모든 사람은 다 다르다. 같은 것을 봐도 모두 다 다른 생각을 하고 행동한다. 그렇기에 유일무이한 존재다. 관계에 있어 유형별 특성은 참고만 하되 개개인의 특성을 존중하자. 진정으로 그 사람에게 관심이 있다면 관찰하게 되고, 무엇을 좋아하는지, 무엇을 원하는지 알 수 있을 것이다. 진심으로 다가가자.

06

자기만의 우물에서 센 척하지 마라

*

"한국 사람은 악을 쓰고 소리를 질러야 통해!"

영화 <오징어게임>에서 나온 대사다. 살다 보면 한 번쯤은 그런 사람을 만난다. 목소리만 크게 내고 소리 지르면 이길 것이라 생각하고 대충 얼버무리는 사람. 마치 자신이 이 지역 유지라도 되는 것 마냥 거들먹거리고 잘난 척하는 사람. 비슷한 수준이면서 자기가 좀 더 일찍 들어왔다고 늦게 들어온 사람에게 텃세 부리며 눈에 힘주고 다니는 사람, 자신 외에는 모두 아래로 보며 남의 자존심을 긁는 소릴 하는 사람.

지금까지 13번의 이직을 했고, 수많은 사람을 봤다. 선배가 내 자리를 차지하기 위해 온갖 술수를 쓰고, 후배가 나를 밀어내기 위해 험담하고, 서로 자기 밥그릇을 차지하기 위해 벌이는 소리 없는 암투를 겪으면서 마음고생도 많이 했다. 그러다 보니 눈에 보인다. 정말 '찐인 사람'과 아닌 사람, 거짓으로 점철된 사람과 진실된 사람이 보기만 해도 구별이 된다.

서울 마포구 P 병원에서 근무할 때다. 한 살 많은 동기 형이 있었는데 나보다 하루 먼저 입사해서 일하고 있었다. 그 후 얼마 되지 않아 대학교를 막 졸업한 막내가 입사했는데 그 형은 자신이 뭐라도 되는 마냥 막내를 괴롭히고 막말을 일삼았다. "야! 그게 하는 거냐? 제대로 못 해?"라며 알려주지도 않고 못 한다고 화를 냈다. 막내는 형 때문에 힘들어하면서도 꿋꿋이 버텼다. 그렇게 두 달쯤 되었을까? 막내를 괴롭히던 형은 환자에게 연달아 실수했고, 심한 컴플레인을 받았다. 항상 몸에 담배 냄새를 품고 다니며 환자분의 민감한 부위를 자주 터치하고 통증 있는 환자를 더 아프게 하는 등 문제를 일으켰던 것이다. 결국 원장님께 권고사직을 받고 병원을 떠났다. 아무도 그 형이 그만두는 것에 아쉬워하지 않았고, 오히려 시원해했다. 정말 쓸쓸한 뒷모습이 아닐 수 없었다.

서초구 W 병원에 근무했을 때다. 당시 내가 관리자로 근무하고 있었는데 내 소개로 지인 J가 실장으로 오게 되었다. J는 첫 출근부터 정말 열심히 했다. 아침에 출근하면 바나나 우유나 음료를 사서 직원들에게 마시면서 하라며 친근하게 다가왔다. 직원들도 실장을 잘 따랐다. 그런데 시간이 갈수록 "내가 실장이니까 내 허락받고 움직여."라며 독단적으로 행동하기 시작했다. 내가 없는 시간을 틈타 직원들을 불러서 자기 마음에 들지 않는다며 정리 정돈을 다시 하라고 하거나 몰래 불러서 꾸짖었다.

물론 그 직원이 잘못한 것이라면 당연히 중간관리자로서 바로잡을 필요는 있다. 문제는 이미 다 해결된 것인데도 자기 자존심을 건드렸다는 이유로 별도로 불러서 얘기했다는 것이다. 직원은 이 일로 자존감이 바닥을 쳤고 더이상 근무를 못 하겠다며 퇴사 의사를 밝혔다. 정말 열심히 하던 직원이었는데 갑자기 J의 태도로 바뀐 것이다. 이렇게 하다가는 모든 직원이 그만둘 판이었다. J를 별도로 불러 타일러도 보고, 화도 내봤지만 소용없었다. 결국 J는 5개월 만에 퇴사하고 나갔다.

왜 J는 처음과 달리 안하무인으로 바뀌었을까? J도 처음에는 소개해준 내게 고맙기도 하고, 제대로 잘해보려는 욕심에 열심히 했다고 한다. 그런데 갈수록 점점 높은 직급에 욕심이 났고, 내 자리에 서고 싶었단다. 그러려면 원장님께 잘 보여야 했고 그래서 원장님 앞에서는 티 나게 일했던 거라고. 어느 순간 자신이 이미 이 병원의 관리자가 된 것 같이 느껴졌고, 직원들도 자신을 따르는 부하 직원처럼 느껴졌단다. 그래서 자신의 말을 듣지 않으면 불쾌감이 올라왔고 참을 수 없었단다.

J의 말을 듣고 어이가 없었다. 나는 그에게 "어느 직장에서도 다 같이 꿈을 향해 달려가는 마라톤에서 밀어주지는 못할망정 왜 달리는 중에 너를 업고 뛰라고 하는 거냐? 오너가 되더라고 그런 생각은 버리는 게 좋겠다."라고 따

끔하게 충고를 했다.

벼는 익을수록 고개를 숙여야 하고 대우를 해주면 대접으로 받아야 한다. 대우를 기만으로 받아들이면 제 얼굴에 침 뱉기일 뿐이다.

직장은 작은 사회다. 직장뿐 아니라 동호회나 학회, 학교, 친구 간에도 누구나 한 명쯤은 조직을 리드하는 사람이 있기 마련이다. 누군가는 리더와 잘 맞을 수 있고, 누군가는 맞지 않아 떠날 수도 있다. 모든 사람을 다 맞출 수는 없다. 다만 리더라면 모든 사람이 조화롭게 어우러지도록 도와줄 책임이 있다. '내가 어떻게 모든 사람을 다 맞춰줘!' 라며 피하지 말자. 가장 좋은 해결책을 찾는 게 리더의 역할이다.

지금 우리는 우리만의 우물 안에 갇혀있다. 이 우물을 벗어나면 더 큰 세상이 존재하고 있다. 그런데 마치 이 우물 안이 세상의 전부인 양 이곳에서 군림하면 다 될 것처럼 행동한다. 더 크고 넓게 보자. 굳이 센 척하지 않아도 내 역량이 쌓이고, 그들을 진심으로 도와주고 성장시켜 주면 자연스럽게 존경과 관심을 받게 된다. 그게 진정 '센' 것이다.

07

빛은 은행에만 갚는 게 아니다

*

"아이는 온 세상이 함께 키운다."라는 말이
있다. 엄마 아빠만이 아이를 키우는 게 아니라 선생님이,
옆집 아주머니가, 할머니가, 어린이집이, 사회가 함께 키
운다는 말이다.

사람은 절대 혼자서는 살 수 없다. 함께 어우러져 부족
한 것은 채우고, 내가 줄 수 있는 것은 주며 상호작용한다.
내가 받은 게 있으면 그만큼 나도 베풀어야 한다. 준만큼
받으려고 하면 정 없다고 하지만, 최소한 받은 만큼은 줘
야 한다.

혹시 내게 온정이나 가르침, 배려를 하는 사람이 있다면

그 사람은 '나'라는 사람을 보고 베푼 것이기에 갚아야 한다. 물질적인 것으로 갚으라는 말이 아니다. 마음에 보답하기 위해서 더 열심히 할 수도 있고, 그 사람이 힘들 때 마음으로 응원해 줄 수도 있다.

아무리 기회가 좋아도, 아무리 자본금이 많아도 큰 회사에 대표가 되려면 그 자리까지 도와주는 주변 사람이나 희생하고 헌신하는 직원들이 있기에 성공할 수 있었을 것이다. 생각해 보면 모두가 그렇다. 빛나는 스타를 만들기까지 스텝, 디자이너, 코디, 프로듀서 등 한 사람을 위해 모두가 머리를 맞대고 고민에 고민을 거듭한다. 같은 옷이라도 더 빛나게 보이게, 같은 화장이라도 더 멋지게 만들어 주는 것이다. 그렇기에 수상소감에 어김없이 '고마운 분들'이 등장하는 게 아닐까?

2015년, 오픈 병원에 개원 멤버로 입사했다. 대표원장님과 직원들 모두 사이가 좋아서 자주 모여 소통의 시간을 가졌다. 대표원장은 젊고 파이팅 넘치는 분이었는데 늘 재미난 이야기를 해주셨다. 어느 날은 한 회사의 회장님 이야기를 들려주셨는데 그 이야기가 아직도 기억에 남는다.

A 회사의 P 회장은 어릴 적부터 흙수저였다고 한다. 바닥부터 시작해서 기술을 연마해 10평의 작은 사무실에서 큰 회사로 성장할 수 있었다. 그때까지 초창기 멤버와 함께 했는데 초기 멤버 중 한 명이 건강 악화로 회사를 그만두게 되었다고 한다. P 회장은 그가 퇴직 후에도 명절이 되면 "우리 회사가 성장한 이유는 당신 때문"이라며 항상 고맙단 메시지와 함께 선물을 보냈다. 직원의 소중함과 고마움을 항시 잊지 않고 표현한 덕분에 P 회장 곁에는 좋은 직원들이 많았다고 한다. 명절 선물도 과세 대상이라 세금으로 고민하는 오너분들도 많으신데 대단한 일이 아닐 수 없었다.

'다산 경영상 창업경영인 부문' 상을 받은 셀트리온 회장님 이야기도 인상 깊다. "이 상은 셀트리온 임직원을 대신해 제가 받은 것입니다. 상금을 나눌 수 없으니 반 돈 짜리 금으로 상패를 축소 제작해 우리 직원들에게 나눠주겠습니다."라며 수상소감을 남긴 셀트리온 그룹 서정진 회장. 그의 수상소감을 듣고 직원들은 환호성을 터뜨렸다.

그는 이어서 지금까지 많은 상을 받았는데 이렇게 값진 상은 처음이라며 "지금까지 고생하며 바이오시밀러(바이오의약품 복제약) 개발을 성공시킨 직원들에게 감사하다"라고 말했다. 이어 덧붙인 말이 나에겐 크게 다가왔다. "성공의 가장 큰 걸림돌은 본인이 똑똑하고 잘난 것"이라며 "성공하려면 나를 믿어주는 직원들과 주주, 파트너가 있어야 한다."라고 강조하며 다산 경영상은 그동안 고생한 직원분들이 받아야 마땅하다고 덧붙였다. 자기 혼자 똑똑하다고 잘난 척하면 오히려 무너진다는 말이다. 함께 했기에 성장했다는 그 마인드가 너무 멋있었다. 아마도 직원을 사랑하는 그 마음이 성공으로 이끈 것이 아닐까?

서 회장은 5,000만 원으로 사업을 시작하면서 '망해도 5,000만 원을 잃는 것 아닌가'라고 생각하고 시작했다고 한다. 현재는 한국의 썩은 기업과 기업인에 대한 불신의 벽을 깰 만큼 크게 성장한 회사이다. 이런 서 회장의 마인드 또한 본받을 만하다. 아마도 받은 만큼 직원들에게 준 것이겠지만, 그만큼 또 직원들은 회사에 돌려줄 것이다. 열정과 함께.

어릴 때부터 우리 집에서 거의 같이 살다시피 한 친구가 있었다. 태어난 고향도 같아 서로 통하는 게 많았다. 사회생활을 하면서 조금 뜸해지기는 했지만 오랜만에 봐도 어제 본 것같이 어색함 없던 친구였다.

그러던 이 친구가 사업에 크게 성공했고 승승장구하던 어느 날, 코로나로 쫄딱 망했다. 우연히 이 친구가 밥을 굶고 있다는 소식을 듣고 계좌번호를 알고 있었기에 몰래 통장에 얼마간의 금액을 입금해 주었다. 밥이라도 잘 챙겨 먹으라는 내 작은 마음이었다.

그런데 어느 날부턴가 이 친구와 연락이 되지 않았다. 사업을 재개해 평탄하게 매출을 올리기 시작했다는 말을 들었는데 이상하게 나를 피하는 것 만 같았다. 다른 친구들은 만나면서 내 연락만 쏙 피해 가는 친구에게 실망하기도 하고 섭섭하기도 했다. 내가 그렇게 보낸 돈이 친구의 자존심을 건든 건지, 그것도 아니면 돈을 갚아야 할까 봐

피한 건지 아직도 잘 모르겠다. 실은 고맙다는 인사 한마디도 받지 못했다. 그런 말을 들으려고 한 건 아니었지만 덕분에 사업 재개할 수 있었다거나, 힘든 시절 생각해 줘서 고마웠다거나 그것도 아니면 그냥 친구로서 아무렇지 않게 볼 수도 있었을 텐데 그 친구와의 인연은 거기서 끝이 나버렸다.

빚은 은행에만 갚는 것이 아니다. 내가 살면서 작은 것 하나라도 도움을 받았다면 갚아야 한다. 크든, 작든, 물질적으로든 마음적으로든 내 마음을 전달해야 한다. 이는 나를 위한 길이기도 하다.

나는 매달 2건의 기부를 하고 있다. 돈이 많아서가 아니다. 매달 마이너스라서 주말에도 밖에 나가 투잡 쓰리 잡을 하며 메꾸고 있다. 내 가족이 밥을 굶을 정도의 상황이었다면 기부는 생각도 못 했을 것이다. 적어도 따뜻한 집에서 따뜻한 밥을 먹으며 따뜻한 온정을 나누고 있기에 그조차 없는 사람들에게 작은 희망을 주고 싶었다. 나 또한 인생에서 바닥을 치며 고시텔에서 하루 한 끼도 겨우 먹던 시절이 있었다. 그때, 아무도 손을 내밀지 않았다면 지금의 나는 없었을 것이다. 이렇게 내 스토리를 돌려줄 수 있다는 것만으로도 감사하다.

숨 쉬며 살 수 있는 이 모든 것에 감사하면 이 세상 그 어떤 것도 어려운 것 없다. 무엇이든 해낼 수 있다. 그러므로 감사하자. 감사한 마음은 모든 것을 아우른다.

4장

내면
허례허식에 열광하지 말고
내면을 채워라

*

01

허례허식에 열광하지 말고
내면을 채우자

✱

코로나로 인해 생활 패턴이 완전히 바뀌었다. 비대면이 늘면서 온라인 강의가 늘었고, 이에 따라 개인 브랜딩의 시대가 막을 열었다. 밖을 못 나가니 집안을 꾸미는 각종 인테리어 용품들의 구매가 늘었고, 자주 여행을 다니던 사람들은 여행을 갈 수 없어 캠핑을 찾았다.

나는 원래 캠핑을 좋아했지만, 아이를 가지면서부터는 잘 다니지 못했다. 그러다 요즘 아이들이 크면서 다시 다니기 시작하고 있다. 예전에는 한적하고 조용했는데 요즘은 어디를 가나 캠핑장이 붐벼서 조용한 곳을 찾기는 쉽지 않다. 그런 사람들을 위해 프라이빗한 캠핑장등이 생기면서 점점 캠핑장도 럭셔리화 되어가고 있다.

'캠핑' 하면 뭐니 뭐니 해도 불멍이 하이라이트다. 낮에는 시끌벅적 떠들고 놀다가 밤에는 고요히 불빛을 바라보며 생각하는 시간이 너무 좋다. 지나온 시간을 회상하기도 하고, 미운 사람 욕하면서 털고 오기도 하고 내면과 대화하는 시간이 좋다.

앞장에서 얘기한 무인도 '황도 이장' 은 하루하루가 캠핑이다. 물론 여행이 아닌, '삶' 이기에 하루하루 먹거리를 구하기 위해 전쟁 같은 하루를 보내기도 한다. 혼자 무인도에 살면서 거북손, 홍합을 캐고, 채소를 직접 기르고, 낚시해서 물고기를 잡고, 집을 짓기 위해 흙을 모으고, 쓰레기가 바닷물에 밀려 넘어오면 잘 활용해서 각종 주방 도구를 만든다. 그런 그의 표정은 웃음으로 가득하다. 허례허식에 질려 선택한 무인도에서 진짜 인생을 찾은 그는 여전히 행복한 무인도 생활을 하고 있다.

돈 없어서 월세 살면서 비싼 차를 타고 다니는 카푸어, 빚내서 명품 가방, 명품옷 쇼핑하는 사람, 자신은 굶으면서 온라인에 별풍선 쏘며, 있는 척하는 사람, 모아둔 돈 한 푼 없으면서 결혼식은 호화로운 곳에서 하는 사람 등. 보여주기 식의 삶을 살며 외면을 가꾸는데 열중하는 그들은 실은 전혀 행복하지 않다. '핸드폰 속 나'는 행복해 보이지만 '현실의 나'는 그렇지 않기에 그때 오는 현타는 나를 더욱 바닥으로 끌고 간다.

영화 〈거짓말〉에는 주인공이 있어 보이려고 거짓말을 하는 것부터 시작된다. 직장 동료에게 있어 보이려고 자랑하기 위해 남의 것을 훔치기도 하고, 한 달 수입보다 비싼 명품을 사서 들고 와 자랑하다가 결국 다 사치라는 것을 들키고 직장 내에서 따돌림당하게 된다. 겉치레를 중요하게 생각한 그녀는 사람들이 많은 곳에 명품을 두르고, 쇼핑하러 가서 보는 족족 카드를 긁는다. 사람들은 그녀를 보며 환호하고 그는 그 모습을 즐긴다.

집에서는 반전의 모습을 보여준다. 막상 주문한 제품이 도착하면 중고로 급하게 처리하고, 카드빚을 메꾸느라 전전긍긍한다. 허영의 감옥에서 벗어나기 위해 남자친구가 도우며 발버둥을 치는 모습을 보는데 영화를 보는 내내 답답해서 힘들었다. 결국에는 남자친구에게도 들키고 '리플리 증후군'이라는 병이 소개되면서 영화는 끝이 났다. 도대체 무엇이 그녀를 그렇게 몰고 간 것일까?

진정한 '나'는 남들이 만드는 것이 아니라, 내가 만드는 것이다. 남들에게 잘 나가 보이고, 잘살아 보이는 게 무슨 소용이 있는가? 그들은 내게 관심이 없다. 잠깐의 호기심은 가질지언정 내가 뭘 하고 다니는지, 어떻게 사는지 전혀 관심이 없다. 그러니 허례허식은 그만하자.

나 또한 월세방 살면서 힘들게 살던 시절 명품 신발에 비싼 옷을 입고 다닌 적이 있다. 겉만 빤질빤질 꾸미니 나를 볼만했다. 그러다 이게 무슨 소용인가 싶어 그만두었다. 나중에 들은 이야기인데 그때 나를 보며 친구들이 미친 줄 알았다며 수군거렸다고 한다.

어느 직장에서는 살을 빼면 월급 10만 원 추가, 복근 만들어서 쫄티를 입고 일하면 20만 원 추가해서 급여를 지급한다. 면접을 볼 때도 그 사람의 됨됨이나 능력, 실력보다

외모를 우선으로 보고 결정한다. 그런 곳이 진짜 있냐고? 사실이다. 바로 내가 다녔던 병원 이야기다.

이렇게 말하면 내가 엄청난 복근에 잘난 얼굴인 줄 알 텐데 그렇지 않다. 농담인 듯 진담인 듯 원장님은 그렇게 말했지만 막상 일을 할 때는 능력을 우선으로 봤다. 회식을 할 때마다 취해서 하는 말인지, 진심인지 "이때까지 본 직원 중에 제일 묵묵하게 모든 일을 소화 잘해주어서 감사하다."라며 내게 가장 믿음직스럽다며 든든하다고 했다. 자주 그런 말을 해주신 걸 보니 진심이었던 것 같다. 아마도 겉모습보다는 내면의 나를 봐주신 듯한데 내면과 외면 둘 다 나에게 욕심을 부리셨던 거 같다. 내면만큼 외면도 자신이 원하는 모습으로 가꾸길 바랐던 게 아닌가 싶다.

아쉽게도 원장님이 원하는 모습이 되지는 못했다. 그렇지만 일적으로는 늘 완벽을 기했고, 무엇보다 환자들이 좋아하니 나중에는 원장님도 내 내면을 더 바라봐주었다.

아무리 겉모습을 속인들 썩은 내면이 드러나면 사람들은 다 안다. 진짜가 아니라는 것을. '진짜'는 겉으로 꾸미지 않아도 드러난다. 시간이 걸리더라도 내면을 차곡차곡 채우면 그 가치가 어느 순간 빛을 발할 때 그 어떤 것보다 더 큰 힘을 발휘한다.

삐에로처럼 가면 속에서 웃지 말고, 내 내면부터 채우자. 세상에서 '나'는 가장 멋지고 아름답다. 나를 있는 그대로 인정하고 내면에 밥을 주자.

02

작은 우울, 티 내지 마라

*

우리는 모두 약간의 정신병을 가지고 살아가고 있다. 현대인들이라면 조금씩은 가지고 있는 게 우울이다. 경쟁해야 살아남을 수 있는 이 시대에 우울해지지 않기도 어렵다. 그러다 보니 조금만 힘들거나 우울해도 인생 다 끝난 것처럼 표현한다.

"이번 생은 틀렸어.", "내가 그렇지 뭐.", "지옥 같은 우리나라에서 뭘 하겠어."라고 말이다. 물론 우스갯소리로 장난처럼 표현하기도 하지만 '말'이 곧 '태도'를 결정한다. "생각을 조심해라. 말이 된다. 말을 조심해라. 행동이 된다. 행동을 조심해라. 습관이 된다. 습관을 조심해라. 성격이 된다. 성격을 조심해라. 운명이 된다. 우리는 생각하는 대로 된다."라는 마가렛 대처의 말처럼 내 생각이 그대로 반영된 말이고, 이 말로 인해 내 운명이 정해진다.

출근 시간만 되면 전쟁이 일어난다. 붐비는 전철과 버스 안에서 힘겹게 올라타고, 사람들의 물결 속에 떠밀리듯이 올라간다. 이리저리 치이며 1시간 걸려 겨우 출근한 직장. 늦잠 자서 아침도 굶은 데다 지옥철에 지쳐 직장에 도착했는데 할 일이 산더미같이 쌓여있다면? 아마도 분노는 폭발할 것이다. 옆에 있던 직원도 괜스레 기분이 안 좋아진다.

'화'는 전염된다. 출근하자마자 굳은 표정으로 투덜거리거나 기분이 좋지 않다는 것을 티 내며 책상을 두드리고 서류를 던지면 주변 사람들도 그 분위기에 전염되어 부정적인 영향을 주게 된다.

물론 화나고 우울하고 짜증 나는 감정을 숨기기는 쉽지 않다. 그래도 기분이 태도가 되지는 말자. 이런 날은 문을 열고 들어서기 전 밖에서 크게 심호흡을 한번 하면 조금 기분이 좋아진다. 산소가 들어오면 뇌가 리프레쉬 되면서 분위기가 전환된다.

　오래전 남양주 H 병원에 몇 달간 근무할 때였다. H 병원은 아침 출근 후 전 직원이 모두 로비에 모여 맨손체조를 하고 구호를 외친다. 하루의 시작을 파이팅 넘치게 하니 아침 출근길에 힘들었던 일은 금세 사라졌다.

　"아이고 늙었으니 죽어야지", "내가 뭘 할 수 있겠어. 젊은 애들은 자꾸 치고 올라오지. 나는 이 나이 먹도록 뭘 했나 몰라."등 자신을 비하하며 깎아내리지 말자. 스스로 자신을 낮추면 자존감이 바닥을 치고 자연스럽게 우울감이 찾아온다. 우울함은 마음의 감기라 내가 약해진 틈을 타서 공격한다. 그 공격에 지배당하지 않으려면 일단 즐거워야 한다. 내가 하는 이 일이 정말 너무 재미있어서 미칠 지경이 되어야 한다. 새로운 것을 배우는 재미, 나날이 실력이 늘어가는 재미, 어제까지 아프다고 했던 환자가 괜찮아진 모습을 보는 재미. 이런 재미들을 찾아보자.

　인생을 살다 보면 이런 일도 있고, 저런 일도 있다. 오르막길이 있으면 내리막길도 있다. 수없는 오르막길에 지쳤다면 잠시 쉬어가도 좋다. 이때 괜히 우울하지 않으면서 "나 우울증 걸렸어."라고 말하지 말자. 실은 관심받고 싶어서라고 인정하자. 잠시 내 힘듦을 누군가가 알아주고 위로해줬으면 하는 거라고 인정하면 감정에 환기가 되면서 조금 괜찮아진다. 굳이 다른 사람에게 내 우울을 전파하지 않아도 될 만큼 좋아진다. 그런 다음 함께 맛난 거 먹으러 가자. 맛있는 걸 먹으면 기분이 괜찮아진다. 툭툭 털고 일어설 힘이 생긴다.

우리는 모두 잠재적 우울증 환자다. 이 우울증을 겉으로 드러내느냐 아니냐에 따라 정신병으로 분류되기도 하고, 그렇지 않기도 하다. 참고 견디라는 말이 아니다. 누구나 감기처럼 겪는 가벼운 일이니 너무 심각하게 의미 부여하지 말라는 말이다. 그냥 오늘 잠깐 우울해졌을 뿐이다. 생각대로 안 돼서, 일이 잘 안 풀려서, 미친 듯이 달려오다 보니 괜히 지금까지 뭐 했나 싶고 잠시 센티 해진 것이다.

크게 심호흡하고, 달콤한 것도 먹어보고, 소리도 질러보자. 나는 가끔 바다를 보러 가서 멍 때리거나 인기척이 없을 때는 마음껏 소리 지른다. 그렇게 시원할 수가 없다. 나만의 방법을 찾아보자.

03

'배' 대신 '내면'을 채워라

*

이상하게 밥을 먹었는데도 허기진 것 같다.

분명 배가 고파 허겁지겁 먹어 치웠는데 채워도 채워지지 않은 듯한 느낌.

허전한 느낌이다.

배가 고픈 것과 허기가 진 것. 무엇이 다를까?

전자의 상황은 당장 무엇을 먹어야 하는 상황이고 후자의 경우 음식물을 섭취하지 않아도 목숨이 부지되는 상황이다. 배고픔이 극에 달한 사람은 고비를 넘기는 순간 배고픔을 느끼지 못한다. 너무 배가 고파서 배고픔을 느끼지 못하는 것이다. 반대로 허기진 사람은 자꾸만 먹을 것을 손에 쥐길 바라고, 더욱 간절하게 무언가를 먹고 싶어 한다.

이런 허기를 '가짜 배고픔'이라고 한다. 스트레스로 인해 뇌에 세로토닌을 보충하기 위해 당을 섭취하도록 유도하는 것일 수도 있고, 수분이 부족해서 배고픔과 갈증을 구분하지 못하는 신체적 오류일 수도 있다. 누군가에게는 외로움이 항상 배고픔으로 다가올 것이고 누군가에게는 그리움, 누군가에게는 욕망, 누군가에게는 안 해도 될 근심·걱정 등으로 인한 배고픔일 것이다. 밥을 먹지 못해 배고픈 게 아니라면 내 마음속 어딘가 구멍 뚫린 듯 공허하다는 뜻이다. 그 공허함을 달래기 위해 자꾸만 허기로 신호를 보내는 것이다.

자꾸만 가짜 배고픔이 온다면 배 대신 내면을 채우자. 무엇 때문에 내가 허기지는지 그 이유부터 찾아야 한다.

첫째, 주로 내가 언제 허기지는지 먼저 찾아보자.
사람들과 헤어지고 집에 돌아와 혼자 오도카니 앉아있

을 때?

미친 듯이 일해서 모든 업무가 다 완료되면서 긴장이 풀렸을 때?

뭔가 바쁘게 살아가는데 지금 내가 가는 길이 맞는지 잘 모르겠고 고민되고 헷갈릴 때?

스스로에게 질문을 해보자. 언제 허기지는지.

둘째, 그때 내 감정은 어떤지 찬찬히 살펴보자.

혼자 오도카니 앉아있는데 뭔가 허탈하다.

기운이 쭉 빠진다. 뭔지 모르겠지만 외로운 것 같기도 하고, 혼자 있는 게 좋은 것 같기도 하고 허전한 느낌이다. 이런 식으로 내 감정선을 따라가 보는 것이다. 명확하지 않아도 좋다.

그냥 그런 감각적인 느낌이라도 좋다. 그렇게 따라가 보는 것이다.

셋째, 명확한 감정선과 허기짐의 이유를 찾아본다.

외로운 건지, 실은 내향적인 내 성향에 사람들과의 만남이 힘들어서 집에서는 조금 쉬고 싶고, 지금까지 참았던 것이 스트레스로 올라와 허기지는 건지 명확한 이유를 찾아본다.

이유가 명확하면 답은 명료해진다. 외로워서라면 외롭지 않을 다른 방법들을 찾아보면 된다. 애완동물을 키우거나, 책을 읽거나, 내가 집중할 수 있는 무언가의 장치를 해두는 것이다. 혼자서도 적당히 외롭지 않고 즐길 수 있도록 하면 더 이상 허기지지 않게 된다.

내향적인 성향이라면 억지로 사람들을 만나지 말자.

그게 '착한 것'이라는 이상한 착각은 그만하자. 사람들의 모임에 당연히 참여해야만 된다는 생각도 버리자. 당연한 것은 없다. 채워도 채워지지 않는 것은 '배'가 아니라 '내면'이다. 내 내면이 채워지면 배고픔은 잊을 수 있다. 누군가는 만족해하며 살아가고, 누군가는 바쁘다고 투덜대고, 누군가는 힘들다고 좌절한다. 누군가는 바빠서 행복하고, 누군가는 바빠서 불행하다. 무엇이 맞을까? 모두 다

맞다. 다만 생각의 차이일 뿐이다. '불행'을 '행복'으로, '괴로움'과 '슬픔', '고통'을 '즐거움', '희망', '기쁨'으로 바꿀 수 있도록 내면에 밥을 주자. 내 내면은 무엇을 먹고 싶어 하는가? 위의 질문에 대답하면서 내 내면이 진정으로 원하는 것을 주자. 배 대신 내면을 채울 때 진정한 충만함을 느끼게 될 것이다.

04

내 것이 아닌 것에 욕심내지 마라

*

　사람은 태어날 때부터 욕심을 가지고 태어난다. 갓난아기는 생존 욕구로 인해 먹고 싸는 것에 욕심, 청소년기에는 공부 욕심이나 친구 욕심. 성인이 되면 돈이나 권력에 욕심이 생긴다.

　욕심은 당연하다. 욕심이 있었기에 여기까지 올 수 있었고, 생존할 수 있었다. 여기서 내가 말하고자 하는 '욕심'은 살아가는데 필요한 욕구가 아닌, '지나친 욕심'을 말한다. 탐욕에 눈이 멀어 소중한 친구를 잃거나 가족을 잃을 정도의 욕심. 나아가 자신까지 잃어버리는 욕심. 이런 욕심은 애초에 가지지 말아야 한다.

지인 J와 나는 치료사 교육사업을 위해 사업계획을 세우고 자주 만났다. J와는 스타일도 잘 맞고 대화도 잘 통했다. 무엇보다 꿈꾸는 미래가 같았기에 그와 함께하는 사업이 잘 될 거란 기대가 컸다. 우선 자주 만나면서 이런저런 토의를 하며 사업 기획을 했다.

분명 둘이 하는 사업인데 친구 둘, 셋이 함께 자리하면서 조금씩 방향이 흐트러지기 시작했다. 가만히 옆에서 듣던 친구들이 "나도 해보고 싶어. 같이 하자.", "근데 이런 경우에는 이렇게 해야 하지 않아?" 등 몇 마디 거들었고, 명확한 방향성을 갖고 있었음에도 '그런가?' 라는 생각에 다시 체크해야 했다. 좋은 뜻에서 시작한 모임은 어느 순간 이간질로 이어졌다. 우리는 서로를 잘 알고 믿었기에 흔들리지 않는다 생각했지만, 저 밑바닥에서 조금씩 실금이 가고 있었다.

이후 P가 뒤늦게 사업에 관심을 보이며 우리의 모임에 참여하기 시작했다. 함께 사업을 하고 싶어서가 아니라 원래 교육사업에 관심이 많았고 여기저기 어울리는 걸 좋아하는 성향이라 만남 자체가 즐거워서 적극적으로 참여한 것이다.

문제는 J였다. J는 아직 시작도 안 한 사업에 자꾸만 누군가가 끼어서 감 놔라 배 놔라 하는 게 불쾌했던 것 같다. 비록 사업을 함께하지는 않지만 함께 공부하고 의견을 나누는 모임에서 좀 더 좋은 방향으로 가길 바라는 P와 친구들의 마음이 간섭으로 느껴진 것이다. 이런 일들이 반복되다 보니 J는 어느 순간 사업 자체에 흥미를 잃었다. 거기다 수익분배 문제도 한몫한 것으로 보인다. 그때부터 J는 긍정적인 말보다는 부정적인 얘기를 더 많이 꺼냈다. "이렇게 할 거면 하기 싫어. 난 안 해도 돼."라며 함께 있는 자리에서도 술 한 잔 들어가면 술김에 자주 말하기도 했다.

"난 정말 하고 싶지 않아."라는 말을 다른 사람을 통해 전해 듣다 보니 나도 기분이 썩 좋지는 않았다. J를 따로 만나서 감정을 추스르고 타이르고 설득도 하고 했지만 그때뿐이었다. 이미 사업을 진행하면서 적지만 투자도 했는데 본인 생각만 하며 자꾸 고집부리는 J로 인해 나는 점점 지쳐갔다. 때마침 "난 정말 하기 싫은데 희주가 시작하자고 해서 한 거야. 그런데 희주 지인이 옆에서 자꾸 이런저런 피드백을 하는데 기분 나빠서 못하겠어."라는 말을 들었고, 이제 정리할 때가 왔구나 싶었다.

분명 우리의 처음 약속은 '사업보다 우리 관계가 더 중요하니 절대 관계가 흔들리는 일은 하지 말자.'는 것이었는데 J가 그 약속을 먼저 깨버린 것이다. 함께 성장하기 위해 시작한 일에 욕심이 끼어들면 결국 망하는 지름이다. 특히 혼자 하는 사업이 아닌, 동업으로 했을 때는 더더욱 내 욕심만 차려서는 안 된다.

직장생활을 하다 보면 '딱 그만큼'만 하는 사람을 많이 본다. 당장 눈앞에 이득이 없으면 굳이 움직이고 싶지 않다. 해야 할 만큼만 하고 싶다. 요즘 MZ세대들은 딱 받는 만큼만 한다고 한다. 그 '받는 만큼'이 얼마큼 인지 명확하지 않다. 본인이 정한 기준에 따라 '난 이만큼 받았으니 딱 여기까지만 할 거야.' 하며 일을 찾아서 하지 않는다. 눈에 보여도 모른 체한다. 아니, 어쩌면 못 보는 것일지도 모른다. 계속 안 보다 보면 안 보이게 된다. '등잔 밑이 어둡다' 라는 말이 있지 않은가? 바닥에 쓰레기가 굴러다녀도 눈여겨보지 않으면 인테리어의 한 부분처럼 느껴져 의식하지 못하게 된다.

사람 일이라는 게 기브 앤 테이크로 이루어지지만은 않는다. 때로는 기브만 3번을 더해야 겨우 한번 테이크할 수도 있다. 그렇다고 해서 내가 주지 않으면 상대는 더 내게 주지 않는다. 상대도 마찬가지로 받은 만큼 주려고 할 테니까.

요즘 무료 강의 무료 PDF, 무료 교육 등 '무료'가 많다. 이는 '기버의 정신'이다. 사람은 많이 받으면 받은 만큼 약간의 죄책감과 함께 부담을 느낀다. 이 부담은 긍정적으로 작용해서 '내가 받은 만큼 최소한 후기라도 돌려줘야지,', '긍정의 표시라도 해야지,', '다른 사람에게 홍보라도 해야지.' 등의 행동으로 나타난다. 내가 더 가지려고 하면 할수록 오히려 상대는 더 멀어진다. 줄수록 내 것이 더 잘 팔리는 아이러니한 일들이 생기는 이유가 이 때문이다.

내 것이 아닌 것에 욕심내지 말자. 당장은 달콤할지 모르지만 길게 보면 나를 괴롭히는 일이 될 수 있다. 자신을 스스로 괴롭히는 일은 하지 않도록 하자. 그 선택은 오로지 본인의 책임이 된다. 분노를 줄이기 위해서는 남의 것을 포기하는 연습이 필요하다. 내 것이 아닌 것을 포기하는 것도 용기이며 가지 있는 도전이다.

5장

직업
직업 소명의식을 가져라

*

01

스스로 해야 할 일을 남을 의식해서
찾으려 하지 마라

*

"요즘 안정적인 직업이 없어. 공무원이 최고야."

"그래도 월급 따박따박 들어오는 직장이 최고지."

"네가 무슨 사업을 한다고 그래. 그냥 다니던 데나 열심히 다녀."

지금 다니는 일이 힘겨워서, 내게 맞지 않는 것 같아서 조언을 구하면 이런 이야기를 한다. 그냥 하던 일이나 하라고. 네 수준에 무슨 사업을 하냐고. '나를 생각' 해준다는 핑계로 가스라이팅을 한다.

그냥 그렇게 살라고..

처음에는 "그렇지 않아! 나도 할 수 있어!"라며 호기롭게 시작한다. 그런데 생각보다 쉽지 않은 일에 이리저리 부딪히다가 결국 포기하고 만다. '그래 맞아. 나는 안 되는 사람이야. 그냥 하던 거나해야겠다.' 하고 말이다.

모든 일이 그렇게 쉽게 해결이 된다면 얼마나 좋겠는가? 성공하려면 단순히 내가 그 일을 '잘' 해야만 되는 게 아니다. '운' 이라는 영역도 반드시 존재한다. 내 능력치는 80%라서 20%만 더 채우면 되는데 운이 20%라서 망할 수도 있다. 혹은 능력치는 40%지만 운이 90%라서 성공하기도 한다. 그러니까 지금 당장 안된다고 내 능력을 탓하지 말고 그 과정을 즐겨야 한다. 내 미래를 남에게 묻는다고 내가 원하는 답을 얻을 수는 없다. 결국 그 해답은 내가 찾아야 한다.

매일 하루를 같은 일을 반복하며 살다 보면 지치는 날이 있고, 그럴 때는 어느 순간 내가 아닌 남을 의식하게 된다. 동방예의지국에서 태어나 배려하라는 교육을 받고 자라 남을 의식하는 행동은 너무 좋지만, '내가 무엇을 할 것인가' 에 대한 해답을 찾을 때는 남에게 묻지 말자. 남들 의식하는 행동은 스스로를 존중하지 않을 때 생긴다. 나를 믿지 못하니까 다른 곳에서 만족감을 얻으려고 남들에게 묻고 다니는 것이다. 그렇게 외부에다 에너지를 쏟고 정작 행동할 에너지는 모두 소진하고 만다. 그 시간에 내게 더 에너지를 쏟자.

분명 나는 어제까지 내 할 일을 잘하며 보람을 느끼는 사람이었다. 그러던 어느 날 친구에게 연락이 와서 "나 하던 사업이 잘 풀려서 대성공했어. 요즘은 일주일에 4일만 일하고 나머지는 여행 다니고 글 쓰고 있어."라는 게 아닌가? 그 순간 '아. 나는 지금 뭘 하고 있지? 왜 나는 사업할 생각을 안 하고 직장에 얽매여서 이러고 있지?'라는 생각이 든다. 지금까지 내가 한 일은 아무것도 아니고, 무용지물인 것만 같다. 스스로가 한심스럽고 자괴감에 빠져들기도 한다. 그때쯤 또 다른 친구가 "나 요즘 부업으로 ○○ 시작했는데 본업보다 더 잘 벌어. 너도 직장만 다니지 말고 부업을 해봐."라고 한다. 귀가 솔깃해진다. 나도 그 부업을 하면 월 천만 원 쉽게 벌 수 있을 것만 같다.

그런데, 그 친구는 정말 부자가 되었을까? 한, 두 달 번 걸로 자랑하고 있지는 않은가? 1,2년, 3,4년 꾸준히 돈을 벌고 있는가? 꾸준히 열심히 하면서 성공가도를 달리고 있는가? 만약 그렇지 않다면 그 친구의 말을 들을 필요 없다. 그 정도는 요즘 누구나 반짝 버는 정도니까. 물론, 좋은 자극이 되어줄 수는 있다. 그저 하루하루 아무 생각 없이 회사를 다니면서 발전 없이 살다가 좋은 자극을 받고 공부하고 투자하면서 더 크게 성공할 수도 있다.

중요한 건, 그게 내게도 통하는가이다. 내가 보기에 그 친구는 쉽게 성공한 것 같지만 실은 오랜 기간 쌓아온 경험과 노하우가 있었기에 가능한 일이었다. 지금 내가 시작한다면 아주 오래 걸리고 힘든 일이 될 수도 있다.

사실 나는 "아, 오늘 뭐 하지." 라고 생각하는 사람들이 부러울 때가 있다. 몸이 두 개라도 바쁜데 저 사람들은 저녁 퇴근 후에 무슨 놀이를 하며 시간을 보낼지 고민하는 게 사실 너무 부럽다. 그러다 하루 정도 해야 할 일이 없을 때는 '뭐 하지?' 라는 생각보다 '나 왜 할 게 없지?' 라는 생각을 한다. 아무것도 할 게 없다는 게 기분 좋고 여유로운 게 아니라 오히려 초조해졌다. '남들은 이 시간에 이것저것 하느라 바쁘게 지낼 텐데 내가 지금 이러고 있어도 되나?' 라는 생각이 들곤 했다. 나는 남들과 달리 열심히 사는 사람이라고 생각했는데 실은 나 또한 다른 사람을 의식하고 있었던 것이다.

레밍효과(레밍신드롬)라는 말이 있다. 자신의 생각 없이 남들이 하는 형태를 무작정 따라 하는 집단행동 현상을 말한다. TV나 SNS 등 다양한 매체들을 통해서 누가 좋다고 하는 것들은 나한테 어울리든 아니든 남이 하니까 따라 하는 경우가 많다. 남이 어제 산 비트코인이 1만 원 올랐다고 오늘 따라 샀는데 내일 내려간다. 남이 어제 부동산 가격이 좋다고 사길래 나도 따라 샀는데 곤두박질친다. 이런 일들은 투자계에서 비일비재하다.

남을 의식해서 어떤 일을 하게 되면 그 끝에 책임은 남이 져주는 것이 아니다. 결국 '내' 게로 돌아온다. 더 이상 남들에게 내 미래를 맡기지 말자. 내 미래는 내 것이고, 내가 만들어야 가장 값지다.

가장 좋아하는 말이 있는데 이 말은 나도 지향하는 편이다.

"다른 사람과 나를 비교하지 말고 어제의 나와 오늘의 나를 비교하자는 것이다."

나에겐 이 말이 한걸음 더 발전하며 앞으로 갈 때 한 번 더 힘이 나게 해준다.

02

장기근속만이 답은 아니다

*

    요즘은 평생직장이 사라졌다. 장기근속하는 사람들도 많이 줄었다. 그럼에도 여전히 장기근속하는 사람들이 많다. 회사입장에서도, 직원입장에서도 사실 장기근속은 편하다. 익숙하고, 새로 적응하지 않아도 되니까. 회사입장에서도 하나씩 다시 가르쳐주지 않아도 알아서 일하니가 편하다.

    문제는 장기근속을 했을 때 내가 얻을 수 있는 게 있느냐이다. 직업마다 다르겠지만 오래 근무할수록 대우를 해주는 곳이 있는 반면 오래 있어도 어느 정도 적정선이 되면 월급동결이 되는 곳도 있다. 급여를 떠나 내가 발전하고 성장하는 곳이 아닌, 나를 좀먹는 곳이라면 떠날 준비를 해야 한다. 아무리 오래 일해도 그 자리 그대로 있는다면 50, 60이 되어도 제대로 대접을 받지 못한다. 오히려 나이를 먹을수록 대우는 낮아지고 월급은 그대로다. 때로는 눈칫밥을 먹어야 할 수도 있다. 이는 나이가 많아서가 아니라 변화에 빠르게 적응하지 못하고 계속 그 자리에 머무르려고 하기 때문이다.

여전히 직장을 자주 옮겨 다니는 행동에 대해 좋지 않은 시선들이 많다. 특히 어르신들은 혀를 차며 "그래도 퇴직금이라도 받아야지"라고 말한다. 물론 퇴직금, 중요하다. 그런데 그 퇴직금만 주어진다고 내가 부자가 될 수 있을까? 몇십 년 동안 회사에서 주는 월급만 받고 안전한 울타리 안에만 있다가 세상에 부딪히면서 뭘 해야 할지 몰라서 이리저리 휘둘리다가 결국 퇴직금을 날려버리기도 한다.

지금 잘 나가는 창업가를 보면 하루아침에 천재가 뚝 떨어진 게 아니다. 일반 회사에서 사원부터 차근차근 단계를 거처 성장해 왔기 때문에 지금의 모습이 될 수 있었던 것이다.

회사에 있을 때 미래를 준비하자. 회사는 내 능력을 키워주고 월급까지 주는 고마운 학교 같은 곳이다. 어떤 일이든 손 번쩍 들고 내가 해보겠다고 하자. 맨땅에 헤딩하면서 배워도 리스크가 전혀 없다. 실패해도 괜찮다. 성공하면 그 또한 내 지식과 노하우로 차곡차곡 쌓인다. 내가 앞으로 직장을 그만두고 나왔을 때 사업할 거라면 더더욱 불도저처럼 돌진하자. 이때 쌓아놓은 인맥은 내가 그만두고 나와도 계속 이어질 수 있다.

나는 지금까지 8년 동안 10군데 이직을 했다. 혹자는 '끈기가 없다.', '무책임하다'라고 생각할지도 모르겠다. 나는 일하는 동안은 최선을 다했다. 심지어 5시간 걸리는 남쪽 지방까지 짐 싸들고 내려가서 월급도 안 받고 무료로 일하면서 배웠다. 내 영혼을 갈아 넣었다. 그런데 배울 게 없었다. 그래서 빠르게 그만두었을 뿐이다. 배울 곳이 있다면 그게 어디든, 거리가 얼마나 멀든 상관하지 않았다.

그렇게 배웠기에 빠르게 한 병원의 부원장이 될 수 있었고, 병원이 확장하고 분점을 내도 총괄 부원장으로 활동할 수 있었다.

장기근속만이 답은 아니다. 필요하다면 과감하게 정리할 용기도 필요하다.

03

내게 맞는 직장 고르는 법

*

나는 초년 신입 때부터 아니, 정확히 말하자면 어렸을 때부터 어디에서든 일을 하면 내게 오롯이 전부 맡기는 분들을 많이 만난 것 같다. 서른 중반이 넘어 생각해 보니 받는 만큼 일했던 내가 아닌, 주어진 일보다 내가 더 해낼 수 있는 일이 무엇인지 사소한 일까지 시키지 않아도 해왔기 때문이라고 생각한다. 말하지 않아도 알아서 할 일을 찾아서 하다 보니 익숙해지고, 나중에는 확인하지 않아도 믿고 맡길 수 있는 정도가 되었다. 그러다 보니 자연스럽게 오너의 신뢰를 얻게 되고 빠르게 실력을 쌓아 위로 올라갈 수 있었다.

나에게 맞는 직장을 고르기 전에 나 또한 직장에 도움이 되는 사람인지 고려해 보자. 요즘 MZ세대들은 자신의 권리만 주장하면서 회사에 보탬이 되는 사람이 되려고 하지 않는다. 그러면서 월급은 많이 받길 바라고, 연차와 복지 혜택을 챙긴다. 시키는 대로 하지 않고 자신의 생각을 말했다고 해서 자랑스러워할 일이 아니다. 회사에서 왜 그동안 그렇게 해왔는지를 먼저 생각해봐야 한다. 말하기 전에 먼저 시도해 보고, 더 좋고 편한 방법이 있다면 실제로 적용해 보고 괜찮다는 확신이 들면 그때 말하는 게 좋다.

나 또한 병원 내 아웃사이더였다. 내가 생각했을 때 아니다 싶으면 참지 않고 바로 원장에게 달려가서 말했다. 불의를 보면 참지 못했고, 내가 나서서 해결해야 한다고 생각했다. 그렇게 해도 실력이 뒷받침되니 오히려 원장이 나를 붙잡았다. 그래서 내 행동이 잘못된 줄 몰랐다. 나중에서야 떠밀리듯 그만두게 되면서 너무 나서도 안 된다는 것을 배웠다. 정말 잘못된 일이라고 해도 어떻게 된 일인지 먼저 확인한 후 얘기해도 늦지 않다. 마치 내가 정의의

사도인 것처럼 도취되어서 행동하지 말자. 제대로 뼈 맞고, 지금은 좀 더 신중하게 말하고 있다.

고등학교 1학년 때다. 사고 싶은 옷이 있어서 아르바이트를 했다. 집안 사정이 넉넉지 못해서 내가 벌어서 사야만 했다. 처음 일한 곳은 고깃집이었다. 불판을 닦는 일을 했는데 일이 끝나면 탈의실 휴지통을 비우고 바닥에 떨어진 것까지 정리하고 퇴근하곤 했다. 내 일은 아니었지만 어차피 퇴근하는 길에 버리고 가면 좋을 것 같아서 자의로 시작한 일이었다.

그날도 여느 날처럼 정리하고 퇴근하는데 갑자기 돈 봉투가 사라졌다며 난리가 난 것이다. 그 당시 월급을 이체하지 않고 봉투에 넣어서 주셨는데 주방 이모님 봉투가 통째로 사라진 것이다. 내가 탈의실 안에서 달그락 거리면서 뒷정리를 하고 나오자 내가 훔쳐간 것이라 의심을 받았다. 어릴 적 어머니 지갑에서 500원 훔치다가 된통 혼나서 남의 돈은 거들떠도 안보는 나로서는 너무 억울한 일이었다. 하지만 어린 내 말을 들어주는 사람은 아무도 없었다. 그렇게 나는 도둑놈 취급을 받고 쫓겨났다.

　선의로 한 일에 오히려 오해를 한다면, 그곳은 내게 맞지 않는 곳이다. 그런 곳은 얼른 그만두는 게 맞다. 어리다고 무시하고 귀 기울이지 않는다면 어느 누가 오너를 위해 열심히 일할까? 하지 않아도 될 일을 찾아서 열심히 일하는 사람을 보내버렸으니 아마도 그 고깃집은 좋은 사람을 구하기는 어려울 것이다.

　나중에 어머니가 직접 찾아가서 한 말이 기억난다. 아무리 없이 키웠지만 도둑질은 절대 안 하는 아들이라고. 그 한마디에 분한 마음이 한 번에 가셨다. 나중에 알게 된 사실인데, 나를 일러준 아주머니가 범인이었다고 한다. 그리고 그 고깃집도 나중에 사장님 부부가 좋지 않은 소문이 나서 장사를 접었다.

　그 일이 있고 난 뒤에도 나는 일을 쉬지 않았다. 두 번째 일자리는 치킨집이었다. 배달 아르바이트로 들어갔는데 사장님께서 마치고도 열심히 하는 모습에 치킨 튀기는 것을 알려주었다. 그 당시 출시하자마자 인기몰이를 했던

'교촌치킨'에서 나는 주방 담당을 맡게 되었다. 주문이 들어오면 조리에서 포장까지 모두 내 몫이었다. 사장님은 나를 신뢰하고 온전히 맡겼다. 바쁠 때는 배달도 했다. 사장님은 다른 매장 업무까지 돌아볼 여유가 생겼다고 복덩이가 들어왔다며 좋아하셨다. 그렇게 나는 교촌치킨의 전체적인 시스템을 모두 배울 수 있었다.

그때는 몰랐다 어떤 직장이 나에게 맞는 것인지. 그저 주어진 일을 열심히 하며, 내가 직장에 맞춰서 일해야 한다고만 생각했다. 그 생각은 내 인생의 방향성을 잡아주었고, 지금의 내 모습이 되기까지 단단한 버팀목이 되어주었다.

현재 나는 11년 차 물리치료사다. 12번의 이직을 하고 현재 다니는 직장은 5년째 근무 중이다. 이곳에서 일을 하면서 나는 다른 사업도 시작하게 되었고 부업도 할 수 있게 되었다. 주 36시간 일하며 예약제로 운영되는 병원이라서 환자 없는 시간에는 늦게 출근하거나 빨리 퇴근한다. 유연하게 일할 수 있어서 직장인에게는 정말 최고의 업무

환경이다.

나는 이직을 할 때면, 첫 출근날 병원의 시스템이나 치료실 위치, 환자 반경 등 모두 새로 바꾸고 일을 시작한다. 어디가 좁으면 위치변경을 하여 넓히고 쓸모없는 공간은 줄여놓고 일을 한다. 그래야 효율적으로 일할 수 있기 때문이다.

직장이라고 해서 무조건 그 환경에 맞추지 말자. 내가 더 크게 효율을 낼 수 있는 환경을 만들 수 있다면, 조금씩 변경해서 맞춰 가면 된다. '절이 싫으면 중이 떠나면 된다.'는 말이 있다. 요즘 나는 이렇게 생각한다. 절이 싫으면 그 절을 수리해 보자.

04

직업 소명 의식을 가져라

*

직업 소명의식을 가지라고 하면 혹자는 '그냥 직장 다니는 거지 무슨 소명식이냐.' 라고 생각할지도 모르겠다. 소명이란, '개인적 삶의 목적을 실현하고 사회적으로 의미 있는 일' 을 말한다.

A는 '일' 을 바라볼 때 단순히 '물질적 보상' 을 바라면서 성취감이나 보람에 관심이 없다. B는 일이 목적이 아니라, 일을 통해 번 돈으로 내 취미생활을 즐기기 위한 하나의 수단으로 활용한다. 그래서 일 할 때마다 매일 시계만 바라보며 언제 마치나 머릿속으로 타이머를 그린다. C는 일 자체를 내 경력으로 생각하고 이곳에서의 모든 경험과

노하우를 모두 자신의 것으로 만들기 위해 노력한다. 일의 목적이 금전적 보상이 아닌, 성취감과 보람, 나아가 더 큰 성장을 위한 초석으로 생각한다.

A, B, C 중 누가 더 성공할 수 있을까? 여기서 누가 나쁘고, 누가 좋다의 개념이 아니다. 누가 더 성장하고 성공하느냐의 차이다. 직업 소명의식은 자아실현을 하고 더 크게 나아가기 위한 기본생활 방식이라고 할 수 있다.

나의 직업 소명은 '근본치료'다. 그저 보이는 것만 치료하고 말로 휘감아 계속 오게 만들어서 환자치료를 하지 않는다. 왜 아픈지, 그 근본 원인을 찾아내어 최대한 내원 횟수를 줄이고 낫게 만든다. 그게 환자를 위해서도, 나를 위해서도 가장 의미 있는 일이라고 생각한다.

하루의 대부분을 일을 하며 보내는데 그 일이 재미가 없고, 그저 시간 때우기식으로만 보낸다면 이 얼마나 재미없는 일인가? 인생 자체가 재미없어진다.

그렇다고 하고 싶은 일만 할 수도 없다. 하고 싶은 일이 돈이 된다면 아무 문제없지만, 하고 싶은 일이 돈이 디지 않는 일이라면 결국 하기 싫은 일을 해야 한다. 하고 싶은 일이 아닌, '할' 수 있는 일을 하는 것이다. 그런데 이 할 수 있는 일 또한 재미있게 일을 하면 하고 싶은 일도 이어서 할 수 있다. 하나씩 도전해서 N잡으로 일할 수 있는 것이다. 꼭 한 가지만 평생 일한다는 생각은 내려놓자. 이제는 1인 브랜딩시대, 1인 N잡 시대다.

백범 김구 선생은 "돈에 맞춰 일하면 직업이고, 돈을 넘어 일하면 소명이다. 직업으로 일하면 월급을 받고, 소명으로 일하면 선물을 받는다."고 하셨다. 단순한 '직업'이 고귀한 '소명'이 될 수 있는 것은 직업의 귀천이 아니라 각자의 마음가짐에 달려있는 것은 아닐까?

요즘 시대엔 취업과 취직은 선택이 아니라 생존이다. 정말 살기 위해 취업하는 것이다. 예전보다 돈의 가치는 더 떨어졌고, 돈 벌기는 쉬워도 돈 모으기는 어려워졌다.

나는 내 직업을 사랑한다. 정말 '한' 만큼 벌 수 있기 때문이다. 간혹 대학을 졸업하고 나와서 대학병원이나 종합병원에 들어가려고 기다리느라 취업하지 않는 사람들을 보면 안타깝다. 그보다는 로컬병원이 훨씬 성장 가능성이 열려있다. 내가 직접 하나하나 부딪히며 다 해볼 수 있고, 경험을 쌓을 기회도 훨씬 많다. 개개인의 역량에 따라 급여는 300만 원에서 1,000만 원 이상까지 가기도 한다. 실력이 있으면 더 적게 일하고도 더 많이 벌기도 한다. 그게 바로 '물리치료의 세계' 다.

대학병원은 근무시간이 적고, 연차도 명확하게 지급되고 복지혜택도 훨씬 좋을지 모르지만 대신 호봉제로 급여가 정해져 있다. 아무리 열심히 하고 실력을 쌓아도 정해진 급여만 받는 것이다. 관리자급이 되어야 겨우 400만 원 받는다. 오히려 로컬은 근무시간이 1~2시간 더 길고, 연차도 눈치 보면서 써야하지만 대우도 좋고, 능력만큼 급여도 챙겨준다.

최선을 다하는 것은 누구나 할 수 있다. 하지만 소명의식을 갖고 달려드는 사람은 이길 수 없다. 인터넷 기사를 보다가 '박영준 칼럼' 이라는 글에서 인상 깊게 본 글을 소개하고자 한다.

한 포수가 사냥개와 함께 산에 올랐다. 사냥감을 찾던 중 산토끼 한 마리가 눈에 들어왔다. 이내 어깨에 메고 있는 사냥총으로 산토끼의 다리를 명중시켰다. 사냥개가 절름거리는 산토끼를 잡으려고 쏜살같이 달려갔지만, 끝내 놓치고 말았다. 포수는 허탈하게 돌아온 사냥개를 나무랄 수가 없었다. '최선을 다했다.'는 사냥개의 대답에 더 이상 혼낼 수 없었기 때문이다.

며칠 후 포수는 우연히 그 토끼를 다시 만나게 되었다. 그리고 다친 다리로 어떻게 사냥개를 따돌릴 수 있었는지 물었다. 산토끼는 "죽기 살기로 도망갔다."라고 답했다.

토끼는 자신의 일에 '죽을 만큼' 목숨을 걸었다. 그랬기에 사냥개로부터 도망갈 수 있었다. 반면에 사냥개는 자신의 목숨이 달린 일이 아니기에 설렁설렁 달렸다. 대충 하는 사람은 목숨 걸고 달려드는 사람을 이길 수 없다. 직장은 전쟁터가 아니지만, 이러한 '목숨 거는 정신'이 곧 '소명'이 되고, 소명을 가진 사람은 무조건 성공한다.

당신의 소명은 무엇인가? 없다면 지금이라도 가져보자.

내 소명과 반대되는 일이라면 절대 하지 않겠다는 마음으로 달려들자. 그렇게 했을 때, 당신은 성공할 것이다.

05

사표 던지기 전 직장 안에서
최고가 되어라

*

앞서 말했듯이 좋은 직장 1순위가 좋은 동료가 있어서라는 답변이 1위를 했다.

나부터 좋은 동료가 되지 못하면 나에게는 좋은 동료는 안 생기니 직장에서 발전하기에는 힘이 든다는 말이다.

필자는 사실 처음 면접 시에 일반 사원이었지만 출근과 동시에 실장이라는 직급으로 진급출근을 해왔다. 원장님들과 면접을 볼 때 단 한 번도 모르는 게 없었고 다른 사람보다 제시하는 조건에 대해 얼마만큼의 일을 소화할 수 있는지 어디까지 할 수 있는지 지킬 수 있는 것만 약속을 했지만 항상 원장님들이 보던 치료사와는 포부가 달랐기 때문에 그런 거 같았다. 예를 들면 그 당시 치료사 한 사람은 1시간에 환자를 한 명 볼 수가 있었다. 하지만 나는 환자분들 만족시키면서도 1시간에 3명씩 볼 수가 있었다. 그렇게 하려면 입사와 동시에 기존에 하던 치료 시스템을 다시 내가 던 치료 스템으로 바꿔야만 했다. 치료는 시간을 충분히 채우려고 하는 것이 아니라 환자분께서 아픈 곳을 치료하러 온 것이기 때문에 시간에 연연하지 않도록 접수처나 원장님 상담 시에도 꼭 그렇게 변경 걸로 설명해 달라고 한다던지 환자분께 전후 치료비교를 해드리며 서비스 하는 것이 아니고 아픈 곳을 꼭 치료하는 곳이라고 설명 해드리는 것에 집중했었다. 그러기에는 나부터 행동을 바르게 해야 직원들 간 상호 대화가 가능했고 업무상 다른 파트지만 물리치료 쪽으로 조금 더 신경을 써준다. 병원에서 제일 중요한 첫 번째에 해결해야 할 일이다.

직장 안에서 최고가 되고 좋은 동료가 되기 위해서는 우선 남 험담은 절대로 하지 않는 것이 좋다. 남이 나에게 한 험담도 누구에게도 전달해서는 안된다. 결국 나에게 분명히 돌아오는 것이다. 직장 내에서는 스펙보다 좋은 게 나에게 돌아오는 평판이다. 평상시 인정받고 싶은 사람보다는 더 활동적으로 움직이며 노력하는 모습을 보이며 성과를 이뤄야 한다. 올바르게 행동하는 모습 또한 항상 노력하며 지녀야 인정받을 수가 있을 것이다.

요즘 사람들은 조금만 힘들면 그만두려고 다짐한다. 그렇게 고마고만한 실력이나 생각으로 옮겨봐야 월급은 절대 오르지 않는다. 적어도 그만두기 전 문제점을 해결하려 노력해 보고 나에게서도 어떤 문제가 있었는지 파악해 해결방안을 모색해 봐야 한다. 그것이야말로 조금이나마 나를 성장하고 발전시킬 수 있는 계기가 될 것이다.

시대가 시대인만큼 요즘 SNS를 이용하여 돈 버는데만 취해서 자꾸만 자기 실력을 키우는 걸 소홀히한다. 내실은 1인데 꾸며서 보이기는 99로 보이길 원하는 모습이다. 직장 내에서 0인데 어떻게 그만두고 SNS로 돈을 벌 것인가. 분명히 나중에 허탕 치듯 쉽게 버는 돈은 쉽게 잃는다.

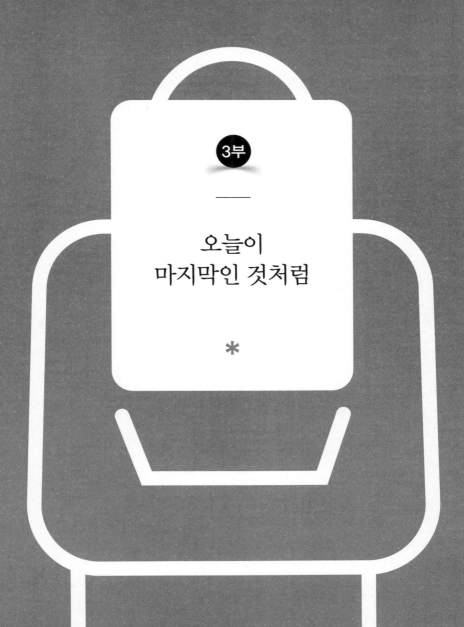

3부

오늘이
마지막인 것처럼

*

01

내 분야에서 최고가 되어라

*

머릿속을 스치듯 생각나는 일이 있는가? 분명 좋은 생각이었는데 그게 뭔지 기억나지 않는가? 아마도 종종 그런 경험 한 적 있을 것이다. 나 또한 갑자기 스치듯 지나가는 생각에 '오 좋은 생각이다. 다음에 꼭 해야지.' 라고 생각했다가 까맣게 잊은 적이 많다. 아무리 생각해도 도통 기억나지 않아 그냥 넘겨버린 적도 있다.

좋은 생각을 그대로 흘려보내기 아까워서 메모지를 챙겨 다니기 시작했다. 언제, 어디서나 번뜩 생각이 날 때면 메모지를 꺼내 들고 간단하게 키워드로 메모했다. 그리고 밤마다 메모한 것들을 보며 정리하고 내 삶에 적용했다.

항상 메모할 것들을 챙겨 다니면서 좋은 생각이 나면 바로 메모하는 습관을 만들자. 그 메모는 내게 큰 힘이 되어 줄 것이다. 어느 순간 '그래 이젠 진짜 실행할 시간이야.' 라는 생각이 들 때 메모한 것을 꺼내어 읽어보자. 그리고 실행하자. 혹여나 그게 불가능할지라도 혼자 머릿속으로 그림을 그리며 도전해 보았으면 좋겠다.

나는 40대가 되기 전 취직 후 꿈꾸던 일들을 모두 이룰 수 있을 거라 생각했다. 40살이 이상하게 많아 보였고, 다 큰 어른 같았다. 막상 30대 중반이 되어보니 마흔이 그리 많은 나이가 아니라는 것을 알았다. 그 어떤 것에도 흔들리지 않는 나이라고 해서 '불혹'이라고 부른다는 마흔. 이 마흔이 아직은 젊다는 것을 알았다.

무엇이든 다 해낼 수 있는 나이. 절대 포기할 수 없는 나이. 나는 목표선을 마흔에서 쉰으로 늘렸다. 50대면 충분히 목표한 바를 다 이룰 수 있을 것이라 생각한다. 물론 그때 되면 또 60으로 바뀔지도 모른다. 목표라는 게 이루면 더 큰 목표를 향해 나아가는 법이니까. 단 최선을 다할 것이다. 이왕 할 거라면 그 분야에서 최고가 되고 싶다.

안양에서 직장 퇴사 후 갑자기 갈 데가 없어졌을 때다. 잠시 숨 돌릴만한데도 난 쉬지 않고 면접을 보러 다녔다. 돈이 급했다기보다는 같은 실수를 반복하지 않고 나만의 꿈을 펼칠 수 있는 곳을 찾아 자리를 잡고 싶었다. 거처는 안양이었지만 한 시간 남짓 걸리는 인천까지도 면접을 보러 갔다. 거리는 내게 중요하지 않았다.

인천에서 만난 원장님과 면접을 보는데 자그마치 5시간을 봤다. 실제 면접은 30분 정도였고, 이후에는 다양한 치료 사례, 환자 사례 등 서로의 정보와 지식을 공유하는 시간을 가졌다. 이미 합격은 기정사실 이었고, 서로 의료지식을 나누며 완전히 몰입했다. 그동안 찾아 헤맸던 꿈의 원장님을 만난 것이다. 원장님도 나를 보고 마음에 쏙 들었다고 한다. 서로 '이 사람이다! 내가 찾던 사람이다.' 라고 생각하며 첫눈에 반해버린 것이다.

원장님은 첫인상부터 의사로서, 대한민국의 아버지로서 부족함이 전혀 없는 인품을 지니신 분이셨다. 알고 보니 구인한 병원은 원장님의 2호점 병원이었고, 강남 3호점 오픈 준비를 하고 있었다. 원장님은 내가 마음에 들었는지 2호점이 아닌 3호점에서 함께 일하자고 제안했다. 당연히 나는 바로 OK 했고, 현재까지 6년 남짓 함께 하고 있다.

역시나 그곳은 그동안 내가 꿈꿔왔던 직장이었다. 의사와 직원은 파트너이자 동료로서 같은 곳을 바라보며 달려가고, 의사의 진단에 맞춰 치료사로서 제대로 분석하고 원인을 찾아 제대로 고쳐주는. 환자도 만족하고, 직원도 만족하고, 나아가 병원이 만족하는 곳. 나는 이곳에서 자리를 잡고 결혼 후 아이까지 키우며 여전히 함께하고 있다.

나는 직장 내에서는 '천재', 일상에서는 '바보'다. 일할 때는 무조건 환자 위주로 바라본다. 어디가 아픈지 정확하게 찾아서 치료하는 데 초점을 맞춘다. 실수란 없다. 하지만 일상생활에서까지 완벽하고 싶지 않다. 원래 한 곳에 완벽함을 도모하면 다른 곳에서는 살짝 풀어주는 것이 좋다. 질량보존의 법칙이 이곳에서도 존재하기에 약간은 바보스럽지만 편안하게 보내면 일에서는 초 집중할 수 있다.

병원 근처에는 여러 기업이 즐비해 있는데 그중 S 기업 직원들이 많이 내원한다. 아무래도 컴퓨터 작업을 많이 하다 보니 자세가 좋지 않아 고질병처럼 허리와 어깨, 목 통증을 호소하는 경우가 많다. 그분들에게 '강남 허준'으로 소문이 나면서 일부러 나를 찾아왔다. 아픈 데만 콕 집어서 낫게 해 준다고 소문났다고 한다. 그저 감사할 뿐이다.

모든 상품에는 장단점이 있다. 여러 제품을 써보고 자기에게 맞고 좋은 것을 선택하는 것처럼 환자들도 여러 병원을 다니며 선택할 권리가 있다. 나는 많은 병원에 여러 치료를 받다가 오신 분들이 더 편하다. 수많은 설명을 듣고 오셨을 테니 별다른 설명이 필요 없다. 그저 최고의 치료로 해결해 주면 된다. 5~10 군데 다니면서 내게 맞는 병원을 찾아다니다가 여기 오시면 바로 정착하신다. 완쾌하셔서 6개월~1년에 한 번씩만 정기 관리만 받으면 되니 얼마나 좋은가?

나는 함께 일한 지 2년 만에 부원장이라는 직함을 달았다. 원장님은 처음부터 지금까지 늘 한결같은 신뢰를 보내주신다. 나 또한 믿음을 저버리지 않기 위해 매일 노력한다.

여기서 멈추지 않고 더 발전하기 위해 교육사업으로 뛰어들었고, 주말에는 치료사들을 위한 교육을 하고 있다. 원장님께 혹시 병원 절반 남짓한 공간을 주말에 사용해도 될지 여쭤보았는데 그 공간은 이미 나에게 맡겨놓은 자리이기 때문에 언제든 편하게 이용하라고 하셨다. 너무 감사했다. 편하게 쓰라고 내어주신 공간을 나처럼 교육에 열정적인 사람들과 함께하고 있다. 매일, 매일이 도전의 연속이자 성장의 밑거름이 되고 있다.

나는 아직 배가 고프다. 여전히 부족하다. 내가 사랑받고, 인정받은 만큼 많은 사람에게 돌려주고 싶고, 성장하는 데 도움이 되고 싶다. 그렇기에 매일 처음 출근하는 것처럼 출근길에 오르고, 환자를 볼 때도 늘 처음처럼 본다. 가끔 너무 빨리 치료가 마무리되어서 대충 본 것이라 오해할까 봐 걱정될 때도 있는데 이미 다른 곳을 전전하다 오신 분들이 대다수라 오히려 대만족 하신다.

나는 늘 오늘이 마지막인 것처럼 하루를 살아간다. 나중에 후회하지 않게 하루에 최선을 다한다. 그게 내 삶에 대한 예의라고 생각한다.

지금 혹시 잠들어있다면 일어나자. 기지개를 쭉 펴보자. 이제 새로운 오늘이 시작되었다. 당신의 오늘을 응원한다.

02

오르막길과 내리막길 그 속에서
길을 찾아라

*

"실패를 두려워하지 마십시오. 현재 당신이 속한 곳에서 최고가 되면, 더 큰 곳에서도 성공할 수 있습니다. 많은 사람들이 성공하기 위해 실패합니다. 성공한 사람들도 이전에는 많은 불행을 겪었습니다."

많은 성공과 실패를 경험하고 농구계의 신화를 쓴 마이클 조던의 말이다. 작은 개구리도 3미터를 점프하려면 최대한 쪼그린다. 쪼그리면 쪼그릴수록 더 높이 점프할 수 있다. 인생도 마찬가지다. 인생에서 승승장구하며 쭉쭉 치고 올라가는 것을 오르막길이라고 한다면, 슬럼프로 바닥을 치는 내리막 시기도 온다. 바닥을 심하게 찍을

수록 더 높이 올라간다. 실패를 한번 맛봄으로써 그 속에서 배우는 것이다. 실패로 좌절하면 그 시간은 온전히 내 것이 된다. 그동안 바빠서 뒤도 돌아보지 못하고 숨 가쁘게 달려왔다면, 잠시 쉬며 나를 되돌아보고 생각할 수 있는 시간이 주어짐에 감사하자.

나는 거의 병원에서 살다시피 했다. 주말도 없이 1년 363일 (명절 제외) 일하고, 연차와 반차도 없었다. 쉬는 날이 없으니 치과, 은행처럼 평일에 가야 하는 사소한 볼일도 몇 년간 가지 못했다. 누가 시켜서가 아니라 내가 스스로 그렇게 일했다. 아마 지금도 몇몇 병원에서 바쁘게 자기 자신을 혹사하며 꿈을 품는 나와 같은 치료사도 있을 것이다. 예약이 차고 차서 바쁜 것도 있었지만 병원 중간관리자로서 제일 바쁘게 땀 흘리며 일해도 눈치 보이다 보니 남들보다 일찍 출근하고 가장 늦게 퇴근하는 게 일상이었다. 도수치료는 30분씩 하루 20명 항상 풀 예약이 찼고, 혹여나 미 내원으로 펑크 나면 이후 예약한 환자에게 전화해서 그 시간에 예약을 잡아 항상 풀로 만들었다. 그러다 보니 화장실 한번 편하게 갈 시간이 없었다.

그렇게 쉼 없이 달리다 보니 어느새 3호점 오픈을 하게 되었고 내게 자유시간이 주어졌다. 부원장으로서 하나부터 열까지 모두 내 손길이 가지 않은 곳이 없을 정도로 이리저리 뛰면서 세팅했다. 나 혼자였다면 해내지 못했을 것이다. 직원들의 투철한 주인의식으로 서로 손발 걷고 도와주겠다며 나서니 금세 자리를 잡을 수 있었다. 지금은 예약 취소가 되거나 변경이 되어도 그 시간에 풀로 잡지 않고 쉰다. 짧지만 나에게 시간적 여유가 생긴 셈이다. 최소한의 볼일은 볼 수 있게 되었다.

병원 분위기도 너무 좋았다. 프리한 듯하면서도 명확한 체계가 잡혀있어 절대 흐트러지지 않는다. 일하다 마주치면 뭐가 그리 좋은지 까르르 넘어간다. 환자들도 그런 병원의 분위기를 좋아하고 칭찬해 주신다. 어느 정도 시간이 나면서 주말에 내가 하고 싶었던 교육사업도 이어서 할 수 있게 되었다.

믿었던 사람에게 배신당하고, 뒤통수 맞고, 내 자리를

뺏겨도 보고, 돈이 너무 없어 밑바닥까지 가보고, 너무 바빠 화장실 한 번 갈 시간이 없을 정도로 혹사했던 지난날들이 파노라마처럼 스쳐 지나간다. 그때 그 시간이 없었다면 지금의 나는 없었을 것이다. 내리막길 속에서도 포기하지 않았고, 꿈을 간직했기에 부원장의 명함을 달고, 주말에는 교육사업을 하며 하나씩 이루어나갈 수 있었다. 그리고 지금 이렇게 책도 쓰고 말이다.

문득 14살 노숙자 엄마에게서 태어난 한 아이의 이야기가 생각난다. 그녀는 어머니와 함께 뉴욕 거리를 전전하며 무료 급식과 쓰레기를 먹으며 굶주림을 채웠다. 보통 이런 환경에서 자란 아이는 그냥 노숙자의 생활을 이어 나간다. 하지만 그녀는 달랐다. 남들처럼 살기 위해서 공부해야겠다고 생각하고 노숙자 텐트촌에서 필사적으로 학교에 다녔다. 떠돌이 생활을 하다 보니 12번이나 학교를 옮겨 다녀야 했지만 포기하지 않고 공부했다. 그녀의 성적은 우수했다. 학교에서 상위 1%였다. 하지만 현실은 노숙자에 불과했던 그녀.

그녀는 매달 5권의 책을 읽고 길거리에 굴러다니는 모든 신문을 정독하며 대학에 들어가는 꿈을 꾸었다. 사람들은 "노숙자 주제에 무슨 대학이냐?"라고 했지만 포기하지 않았고, 새벽 4시부터 11시까지 공부했다. 고등학생까지 4.0에 가까운 학점을 유지하면서 토론동아리, 육상동아리 등 학교 활동에도 참여했다. 포기만 하지 않으면 된다고 했던가? 그녀의 이야기가 여기저기 소문이 나면서 복지단체와 사회단체에서 장학금을 받고 공부할 수 있는 기회가 찾아왔다. 그렇게 그녀는 브라운, 컬럼비아, 암퍼스트 등 20개의 미국 명문대학교 합격통지서를 받아 들게 된다.

노숙자에서 하버드 4년 장학생으로 입학한 그녀. 그녀의 이름은 카디자 윌리엄스다.

"이것이 맞나?", "내가 하는 것이 맞나?", "나는 절대 부자가 될 수 없어." 등의 부정적인 생각은 인생에서 가장 시간 낭비하는 시간이다. 무엇인가를 하고 있다면 잘 해가고 있다는 증거이고, 오늘 하루 피곤했다면 건강한 생각을 하고 있다는 이야기다. 힘든 시기가 왔다고 해서 인생 끝나는 것이 절대 아니다. 충분히 내려가서 쉬어도 좋다. 다이어트도 정체기가 있고, 오르막이 있으며 내리막이 있다. 내 인생이 지금 내리막길이라고 좌절하지 말자. 곧 다가올 오르막길을 위해 툭툭 털고 일어나자. 당신은 충분히 멋진 사람이다.

03

매일 감사일기, 칭찬 일기를 써라

*

당신의 오늘 하루는 어땠는가? 오늘 하루도 집에 잘 들어와 이불을 폈다면 오늘도 잘 보낸 것이다. 이 소중한 하루를 그냥 보내지 말고, 잘 보낸 자신을 스스로 칭찬하고 다독여주자.

하루가 모이면 일주일이 되고, 일주일이 모이면 한 달이 되고, 한 달이 모이면 일 년이 된다. 이 시간을 그저 '오늘 하루도 잘 보냈다.' 라는 것으로 끝내지 말고, 기록해 보자. 요즘은 많은 사람들이 인스타나 블로그에 바디기록, 음식 기록, 육아기록 등 일기처럼 자신의 스토리를 쓰는 시대다. 글을 씀으로써 나 자신에 대해 더 잘 알게 되고 나를 사랑하고 아껴주게 된다.

여기에 오늘 내가 경험한 것에 대해 감사함을 나누어 보자.

"오늘도 화를 내지 않고 참았습니다. 감사합니다.", "오늘은 퇴근 후 운동하러 가서 열심히 움직였습니다. 운동할 시간이 주어짐에 감사합니다.", "직장 동료와 따뜻한 말을 주고받기로 했습니다. 감사합니다." 흔하디 흔한 말을 나의 오늘에 주워 담으니 기분전환도 되고 긍정 회로가 돌면서 행복해진다.

나는 아침에 일어나면 꼭 이불을 정리한다. 밤새 편안한 잠자리를 제공해 준 이불을 개면서 오늘 하루 어떻게 시작할지 생각도 정리한다. 일종의 의식 같은 거다. 즐거운 아침을 시작하기 위한 시동 같은 거라고 할까? 이건 사람마다 다를 것이다. 차가운 물로 세수를 할 수도 있고, 따뜻한 차나 커피를 내려 마시면서 하루를 시작할 수도 있다. 자신만의 루틴을 찾아보자. 루틴을 잡으면 자연스럽게 숨 쉬는 것처럼 행동하는 자신을 발견할 수 있을 것이다.

잠자기 전에는 오늘 하루를 되돌아보며 감사한 점, 칭찬할 점을 쓴다. 꼭 일기장을 꺼내어 쓰지 않아도 된다. SNS에 누구나 보는 공간에 올리지 않아도 된다. 출퇴근길에 오늘 하루가 어땠는지 돌아보는 것이다. 출근길에 어땠는지, 직장에서 업무는 괜찮았는지, 동료들과 대화에서, 가족들과의 식사 시간에서 어떤 점이 좋았고, 감사했는지 하나하나 돌아보고 소리 내 말한다.

"감사합니다."

그리고 오늘 하루 잘 살아낸 나를 칭찬한다. "오늘 좀 어려운 환자가 왔었는데 잘 마무리했어. 환자도 만족해했고. 정말 잘했어. 칭찬해."라며 자신을 스스로 칭찬하는 것이다. 누군가에게 보여주기 식으로 일하지 말고, 그들에게 인정받으려고 하지 말고, 내가 나를 인정해 주면 된다. 누구보다 내가 더 잘 안다. 최선을 다했는지, 최선을 다한 '척' 했는지. 그렇기에 오늘 하루 듬뿍 칭찬해 주자. 스스로 주는 칭찬이 진짜 칭찬이다.

무더운 여름, 뜨거운 햇빛을 피할 길 없었던 한 여행자가 돌을 다듬고 있는 세 명의 석수장이를 보고, 그들 곁에 앉아 휴식하며 이렇게 물었다.

"당신들은 지금 뭘 하고 있는 겁니까?"

한 석수장이가 말했다.

"보시다시피 난 지금 뼈가 빠지도록 돌을 다듬고 있습니다."

두 번째 석수장이가 대답했다.

"보시다시피 난 지금 일당 5달러를 받고 있습니다."

세 번째 석수장이가 대답했다.

"난 지상에서 가장 아름다운 성당을 짓는 중이랍니다.

이 세 사람의 미래가 어떻게 변해 있을지는 뻔하다. 현재 하고 있는 일이 나를 어떻게 만드느냐는 생각하기 나름이다. 이 생각하기는 '감사일기, 칭찬일기'로 만들어낼 수 있다. 사소한 것에도 감사해하며 칭찬하면 그 기운이 그대로 전달되어 작은 것도 소중히 하는 사람이 된다. 나아가 더 큰 성장을 이루어낸다.

'아프니까 청춘이다' 라는 말 들어본 적 있을 것이다. 청춘은 항상 고난과 역경을 딛고 일어서야 한다는 뜻인 것 같다. 누구에게나 미래에 대한 불확실함과 두려움으로 방황하는 시기가 있다. 당시에는 힘든 마음에 포기하고 싶지만 지나고 보면 잘 극복한 자신에게 고마울 때가 있을 것이다. 힘들고 포기하고 싶을 때가 혹여나 생기게 된다면 꼭 일주일 감사와 칭찬일기 시간을 가져 삶의 목적과 의미를 되새김하여 더 성장하는 시간을 가져보자.

성공한 사람들은 대부분 일기를 쓴다. 쓰면서 자기 경험을 반성하고 생각을 정리하며 목표를 설정한다고 한다. 일기를 씀으로써 기록하는 성공 습관을 장착하게 되는 것이다. 또한, 일기 쓰기는 하루를 요약하는 힘을 키워주기도 한다. 하루 중 핵심적인 내용을 추출해 낼 수 있는 능력을 기르는 것이다. 나의 하루를 관찰한다는 것은 내 모습과 선명하게 만나는 일이다. 내가 어느 방향으로 가고 있는지를 보는 작업이기도 하고 삶의 밀도를 높이는 가장 좋은 방법이기도 하다. 생각과 감정을 글로 전달하는 능력은 자신의 자산이 된다.

누구에게나 똑같이 주어진 하루다. 이 하루를 어떻게 살아가느냐에 따라 삶의 궤적은 180도 달라진다. 같은 하루라 하더라도 어떤 마음가짐과 어떤 태도로 바라보느냐에 따라서도 달라진다. 안 좋은 일이 있었다 해도 그조차도 감사하자. 내가 살아있기에 슬픔과 괴로움, 좌절감도 느끼는 것이다.

누군가 보는 게 싫다면 나만 보는 공간에 짧게라도 글을 남겨보자. 글을 쓰다 보면 한 번 더 나 자신을 되돌아보게 되고 부정적 감정을 날려버릴 수 있다. 누군가의 따뜻한 말 한마디도 너무나 좋지만 내가 스스로에게 전하는 위로는 한 줄의 감사일기로도 충분하다.

04

목표를 쪼개서 하나씩 달성하라

*

'목표의식'이란 어떤 목표를 이루려고 하거나, 어떤 것을 목표로 삼는 의식을 말한다. 이때, 비전은 크게 잡되 목표는 잘게 쪼개주어야 한다. 마라톤이나 장거리 달리기를 할 때 1킬로 혹은 200보씩 끊어서 목표를 세우면 완주하는 데 있어서 큰 도움이 된다.

무슨 일을 하든 그 과정을 하나씩 순서대로 써보고, 그에 맞춰 단계별 목표를 세워보자. 예를 들어 인스타그램을 한다고 하자. 먼저 인스타그램을 개설하고, 비즈니스 계정으로 전환한 후, 내 프로필을 만든다. 첫 번째 목표는 프로필에 내 정체성이 잘 드러낼 수 있게 만드는 것으로 하자.

두 번째 목표는 내 타깃고객의 문제점을 해결해 줄 수 있는 정보를 제공해 주기 위한 주제선정으로 정하자. 그러면 네이버 지식인, 클래스 101, 클래스유 등 각종 강의 플랫폼에서 고객들이 토로하는 문제점들을 댓글을 보고 확인한다. 그리고 모두 목록화한다. 세 번째 목표는 이 문제점들을 하나씩 콘텐츠로 만드는 것이다. 이렇게 하나씩 과정을 적고, 과정에 따른 목표를 잘게 쪼개면 막막했던 일도 순식간에 해치울 수 있다.

자 그럼 목표설정을 함께 해보자.

1) 목표는 크게 설정하라

'이건 불가능하지 않을까?' 라는 생각이 들면 그런 생각은 일단 접어두고, 정말로 내가 원하는 목표를 설정한다. '이렇게만 된다면 정말 행복하겠다.' 라는 큰 목표말이다.

2) 큰 목표를 작은 목표로 나누어본다.

예를 들어 5년 뒤 20억 자산가가 목표라면 1년으로 나누면 4억이다. 1년을 다시 12개월로 나누면 약 3,300만 원이 나온다. 20억이라고 하면 막연한데 월 3,300만 원은 현실적이다. 그렇다면 월 3,300만 원을 만들기 위해 30일로 쪼개면 하루 110만 원을 벌어야 가능해진다. 그러면 이제 하루 110만 원을 어떻게 벌지 목표를 세우면 된다. 이런 식으로 잘게 쪼개면 좀 더 현실 가능해진다.

3) 작은 목표를 이루었다면 자신에게 보상을 하여 동기부여를 해준다.

매일 목표만 채우면 지친다. 달성할 때마다 내게 적절한 보상을 주자. 나는 OO했을 때 OO을 내게 스스로 준다.

4) 하루에 0.1, 하루에 한 페이지! 일정하게 꾸준히 한다.

5) 작은 목표를 통해 실패를 경험하여 성장한다.

목표를 작게 쪼개면 절대 실패하지 않는다. 실패하더라도 과정 중에 하나로 생각하고 성장의 밑거름으로 활용하자.

6) 절대 포기하지 않는다.

중요한 건 꺾이지 않는 마음. 무슨 일이 있어도 절대 포기하지 않아야 한다.

6개 단계별로 하나씩 실천해 보자. 최종 목표나 큰 목표를 향해 도전할 때 작은 목표를 하나씩 이루면서 어려움에 부딪힐 수도 있지만, 목표의식을 가지고 있는 사람은 그 어려움을 극복하며 성공을 만들 수 있다. 지속적인 성장과 발전이 반복되며 기회가 주어지고 삶 이 풍요롭고 의미 있게 바뀌며 성공으로 이끄는 힘이 배가 될 수 있을 것이다.

물론 목표의식을 생각해서 가진다는 게 어려울 수도 있다. 당장 내일 할 일을 생각해 두는 것처럼 작은 목표의식을 먼저 가지고 난 후에 합쳐서 큰 목표를 설정해도 된다. 그러다 보면 처음부터 큰 목표를 가져서 포기하게 되는 일은 줄어들 수 있다. 이러한 것은 '나' 자신에게 잠재되어 있는 잠재력을 끌어올릴 수도 있는 방법이 될 수도 있고 목표를 향해 어떤 행동이나 실행을 할 수 있는 원동력이 되어 출발선의 발판이 될 수도 있다.

주변에 보면 A는 목표 달성을 먼발치에 두고도 일 시작과 동시에 들떠서 여기저기 떠들며 자랑하는 사람이 있다. 항상 보면 어떤 다른 사람에 의해서 포기하거나 그 사람의 생각했던 일이나 계약이 다른 사람에게 향해 **빼앗겨** 있었다. 또 어떤 사람 B는 묵묵히 할 일을 조용히 이루어 가며 목표했던 바를 성취하고서야 주변에 알리는 사람이 있다. 거의 대부분 성공한 사람들 보면 B와 같은 사례가 많다. 다른 사람에게 자랑하려고 나의 목표를 설정하지 않는 것이 좋다. 정말 나에게 필요하고 해야 하고 하고 싶고 간절해야 목표로 잡을 수가 있고 성공으로 끌고 갈 수가 있다.

나 또한 직장을 여러 번 옮기며 그래왔기 때문에 느낀 것이다. 항상 나도 미리 자랑하고 떠들던 일은 성공으로 끌고 온 적이 없다. 정말 간절하기에 그 일에 집중하기에도 벅찰 정도로 집중했던 일은 꼭 목표지점까지 끌고 왔다.

정말 하고 싶은 일은 간절하게 목표로 끌고 가자.

05

당신은 성공할 수밖에 없다

＊

성공의 사전적 의미는 '목적이나 뜻을 이루는 것. 사회적 지위나 부를 얻는 것'을 말한다. 많은 사람은 성공을 꿈꾼다. 성공하면 장밋빛 인생이 펼쳐질 것만 같고, 일하지 않아도 돈이 들어오는 시스템도 절로 만들어질 것만 같다.

안타깝게도 우리는 절대 '그런 성공'은 할 수 없다. 아무 노력도 하지 않고, '이 정도면 됐겠지' 하는 정도로만 하면서 '이렇게 열심히 했는데 왜 안 되는 거야!' 라며 속상해하다가 자책하다가, 결국 포기해 버린다.

여기 한 아이가 있다. 초등학교 시절부터 가난해 미국에 있는 친척의 도움으로 온 가족이 미국 몬태나로 가면서 일찍부터 설거지, 막노동, 건물 청소, 분유 장사, 트럭 운전, 낚싯바늘 공장, 바텐더, 클럽 가드, 트레이너 등 닥치는 대로 일했다. 특히 클럽 가드 일을 5년 정도 했는데 험한 일이라 부상도 달고 살았다. 어느덧 아이에서 성인이 된 그는 경찰을 꿈꾸며 경찰 시험을 준비하고 있었다.

그러던 중 어렸을 때부터 친구였던 싸이더스HQ 김상영 이사로부터 한, 한국 영화 캐스팅을 제의받았고, 고민 끝에 제의를 수락했다. 그때를 계기로 그는 한국과 미국을 오가며 배우로 일하게 된다.

그의 이름은 마동석이다. 많은 사람에게 사랑받고 있는 마동석 배우는 우여곡절이 많은 배우다. 드라마 촬영 도중 6M 높이의 철제 계단이 무너지며 추락해 척추 2개 골절, 어깨 골절. 가슴뼈 골절 부상을 당했다. 하마터면 하반신 마비가 올 뻔했으나 다행히 극적으로 살아났다. 그 후에도 촬영하면서 크고 작은 사고들로 온몸에 부상을 입었지만 모두 다 이겨냈다.

마동석씨는 늘 가족을 보필하고, 주변 사람들과 어려움에 처한 동료들을 챙기는 걸로 유명하다. 그는 주연을 맡거나 제작하는 많은 작품을 통해 10여 년간 입봉을 하지 못한 힘든 상황의 영화감독들을 데뷔시켜 준 장본인이다. 영화 '범죄도시'의 강윤성 감독, '범죄도시 2'의 이상용 감독, '성난 황소'의 김민호 감독, '동네 사람들'과 '압구정 리포트'의 임진순 감독, '원더풀 고스트'의 조원희 감독 등 그 수만 해도 10여 명이 넘는다. 현재도 많은 감독이 마동석과 함께 데뷔를 준비 중이다.

누구나 꿈을 꾼다. 포기하지 않고 역경을 딛고 일어나 성공하기를. 애쓰고 애써서 원하는 것을 얻고 스포트라이트를 받기를. 수상자나 인터뷰이가 되는 빛나는 순간을 맞이하기를. 그동안 겪은 어려움과 노력이 무엇이었는지, 어떤 생각으로 버텨왔는지, 지금의 성취가 어떤 의미이고 앞으로 어떻게 하고 싶은지 말할 기회를 가질 수 있기를. 그리하여 사람들에게 희망을 잃지 말고 포기하지 말라는 말을 할 수 있게 되기를.

누구나 꿈 꾸지만, 모두가 다 인터뷰어 앞에 앉거나 무대 위에서 마이크를 잡을 수 있는 것은 아니다. 어떤 사람은 줄곧 인터뷰어의 역할을 하고, 어떤 사람은 내내 관객이나 독자의 역할을 한다. 지금까지 영광을 누렸다고 해서 앞으로도 쭉 그 자리에 있는 것도 아니다. 160층 초고층에서 지하 60층까지 떨어지는 건 일도 아니다. 미취학 어린 시절에 미적분을 풀던 신동도 나이가 들면 미적분만으로는 해결할 수 없는 삶을 살아내며 중년이 되면 평범한 것처럼. 삶은 그렇게 쳇바퀴를 돈다. 우리는 다른 사람의 인생을 어느 언저리에서 잠시 구경할 뿐이다. 누구에게나 스포트라이트를 받을 기회가 찾아온다. 그 기회를 잡지 못했을 뿐이다.

지금 이 책을 집어 들고 읽고 있는 당신은 이미 멋진 사람이다. 어떻게든 앞을 향해 달려가기 위해 노력하는 사람이다. 이 책을 살 돈도 있는 사람이다. 그러니 당신은 뭐든 할 수 있다!!

살아 있는 한 희망은 있다. 완벽한 존재가 되기를 기다렸다가 자신을 사랑하려 한다면 그 완벽한 시간을 기다리다 시간만 버릴 뿐이다. 인생을 낭비하지 말자. 바로 지금, 이 순간, 여기에서 우리는 이미 완전한 존재이다.

"우리는 누구나 존재 자체로도 소중하며 충분한 사랑을 받을 자격이 있는 사람들입니다"

"우주는 우리를 그렇게 특별하고 가치 있게 창조했습니다"

"그런데 여러분은 이렇게 소중한 자기 자신을 충분히 사랑해 주고 계신가요?"

《나는 나를 사랑하기로 했다》의 저자 루이스 L.헤이가 한 이야기처럼 모든 것은 나 자신에 달려있다. 할 수 있는 것과 하고 싶은 것을 한다면 성공할 수 있고, 못한다고 생각하는 순간부터가 실패가 시작된다는 것을 잊지 말자.

부록

01

현직 물리치료 부원장이 말하는
'좋은 병원 선택하는 방법'

*

결론부터 말씀드리면 '좋은 병원'은 환자마다 다릅니다. 진료를 잘하는 것과 관계없이 직원들이 친절하고 병원이 깨끗하고 집에서 가깝고 빠르게 진료를 해주면 '좋은 병원'으로 생각할 수도 있고, 진료는 잘하지만 조금 불친절해서 '나쁜 병원'으로 생각할 수도 있기 때문이에요. 그렇기에 '좋은 병원'보다는 '내게 맞는 병원'을 찾는 방법을 알려드리겠습니다.

담이 걸리거나 갑작스러운 통증 또는 디스크로 병원을 찾을 때, '정형외과'나 '신경외과 통증의학과' 또는 '목허리 통증'이라고 검색을 해보세요. 이때 지역명을 함께 넣어서 검색해 주세요. 지역은 상관없이 잘하는 곳을 찾고 싶다면 키워드만 넣으시면 됩니다.

여러 병원이 나올 겁니다. 위에서부터 하나씩 들어가 봅니다. 직접 검색해서 보시면서 내게 맞는 곳을 찾습니다.

만약 '나는 시간이 없어서 주사 치료를 할 거야.' 하시는 분들은 '통증주사'. '신경외과', '정형외과', '통증의학과', '재활의학과' 위주로 검색해 보세요. 통증주사는 말 그대로 통증을 줄여주는 주사입니다. 다만, 통증 주사는 통증을 잠시 사라지게 할 수는 있지만 영구적인 치료 방법은 아닙니다. 당장 급하니까 일단 주사치료를 받더라도 스스로 관리할 수 있는 방법을 물어보세요. 설명을 해주더라도 자세히 듣지 못하였다면 물리치료나 도수치료, 운동치료를 병행해서 하시며 담당 선생님에게 당장 받는 치료보다 스스로 관리할 수 있는 방법을 알고 싶다고 말해보세요. 그러면 분명, 자세하게 알려주실 겁니다.

통증을 어느 정도 잡았다면 이제는 꾸준히 내 몸을 건강하게 관리하고 싶으신 분들은 '도수치료' 라고 검색을 해

보세요. 병원마다 홈페이지나 블로그를 들어가시면 허리 전문인지, 척추 전문인지, 목 전문인지, 손 전문인지 소개 글이 나올 거예요. 자신의 증상이나 부위에 맞게 찾아가시면 됩니다.

직접 병원에 가서 경험을 통해 좋은 병원인지, 아닌지 확인하는 방법도 있는데요. 이때, 치료를 하고 나서 전과 후에 설명 없는 병원은 가지 마세요. 현재 어떤 상태인지, 앞으로 어떻게 해야 하고 어떤 걸 하지 말아야 하는지 환자분 본인이 알고 있어야 재발 방지 및 유지가 됩니다. 병원은 이에 대한 설명을 해야 할 '의무'가 있고요. 당연히 들어야 할 설명이니까 해주지 않는다면 꼭 요청하세요.

만약 "홍길동님 이쪽으로 오세요.", "앞으로 누우세요.", "뒤로 누우세요.", "일어나세요.", "오늘은 여기까지 하겠습니다.", "오늘 치료는 끝났습니다." 하고 그냥 끝내 버리면 주변을 둘러보세요. 아무 설명 없이 그저 하라는 것만 하며 공장 돌아가듯 환자를 '쳐' 내는 진료를 하는 곳인지, 아닌지. 그런 곳이라면 이런 병원은 피하세요.

가장 좋은 병원은 환자분의 상태를 정확하게 파악하기 위해서 전, 후 비교를 해주는 곳이에요. 통증 부위의 움직이는 각도가 100% 활동을 하는지, 그렇지 않다면 몇 % 활동하는지 파악해야 해요. 어디가, 어떤 문제로, 왜 아픈 건지 간단한 테스트를 통해 진단해 달라고 하세요. 그리고 주의해야 할 일상생활 자세라든지, 근본적인 치료법에 대해서 꼭 확인해 보세요.

02

물리치료사가 말하는 건강 상식

*

1) 일자목, 거북목 예방법

일자목과 거북목은 비슷한 듯하지만 완전히 다릅니다.

일자목은 너무 과하게 자세를 유지하려고 강제로 등허리를 폈을 때 나타나는 결과물이에요. 어렸을 때 그런 말많이 들어보셨죠?

"등 허리 펴고 똑바로 앉아!"

사실은 이 말이 잘못된 상식에서 비롯되었다는 거 아시나요? 등과 허리를 펴는 게 아니라 골반을 바르게 펴주어야 합니다. 등과 허리를 너무 펴서 앉으려 하지 말고, 최초에 의자에 닿을 때 엉덩이를 살짝 빼서 골반을 바르게 앉은 후에 등허리는 힘을 빼서 편하게 앉아야 목의 커브가 역C자 형태로 유지될 수 있어요.

서 있는 자세에서는 등허리를 일부러 펼 일은 거의 없으니 가장 편하게 서 있으시면 됩니다. 이때 짝다리 짚고 서 있으면 안 되겠죠? 서 있는 자세에서 자세를 신경 쓰려고 등과 허리를 펴게 되면 더욱 일자목으로 발전할 가능성이 커져요.

거북목은 너무 신경을 안 쓰고 앉거나 서 있어서 나타나는 결과물인데요. 오래 앉아 있으려면 힘드니까 의자를 뒤로 누어서 편하게 앉다가 핸드폰이나 자판을 보면서 너무 힘을 빼고 앉으면서 목이 거북이처럼 나오게 됩니다. 거북목 또한 앉을 때 자세로 바르게 잡을 수 있어요.

대충 앉은 후에 허리를 펴지 말고 엉덩이를 먼저 뒤로 빼서 최초로 앉은 후에 등에 살짝 힘을 주고 앉아 보세요. 오래 앉다가 나도 모르게 힘이 빠지거나 유지하는 힘이 오래 못 가 힘을 놓았을 때도 엉덩이를 빼서 먼저 앉아 주었기 때문에 어느 정도 자세가 유지가 될 거예요.

2) 허리디스크 예방법

허리 디스크는 비단 특정 사람만 걸리는 게 아니라 모든 사람, 누구에게나 다 존재한다고 보면 됩니다. 그만큼 누구나 잠재적으로 가지고 있는 질환이에요. 허벅지 뒤쪽이나 종아리가 단축될 경우 더 심해집니다. 평소 허벅지 앞뒤로 스트레칭을 많이 해주세요.

또한 목이 앞으로 빠지거나 머리를 숙여서 활동하시는 분들은 더욱 심하게 증상이나 통증을 호소하시는데요. 앉거나 누워 있을 때 가장 많은 압박이 가해지는 곳이 허리이기 때문에 자세도 신경을 많이 써야 합니다. 컴퓨터 작업을 많이 하거나 오랫동안 구부리고, 숙여서 일하는 경우, 50분에 한 번씩 단 5분이라도 허벅지 앞뒤로 스트레칭, 허리 스트레칭을 해주어야 합니다.

그리고 한 달에 한 번은 허리 아래 수건 한 장을 동그랗게 말아서 넣고 누우세요. 잠잘 때 해도 좋습니다. 이렇게 하면 허리 전만 커브를 살려주어서 허리 디스크를 예방할 수 있어요. 한 달에 한 번만 해도 그해 일 년이 편안해집니다.

모든 운동 시작 전 스트레칭은 필수입니다. 이때 너무 과도하게 잡아당기거나 늘리지 않는 게 중요해요. 스트레칭 없이 바로 본격적인 운동에 들어서면 팔과 다리에도 무리가 가지만 몸에서 부하가 제일 많은 허리에 큰 무리가 쌓이게 됩니다. 그러다가 도저히 못 견딜 만큼 부하가 쌓였을 때, 때 인사를 하거나 머리를 감다가도 허리를 삐끗할 수도 있어요.

무엇보다 강제로 허리를 펴서 앉게 되는 자세는 피해주세요. 위에 일자목 예방 방법과 동일한 방법으로 앉아주시면 바른 자세도 유지가 되며 허리에도 부담을 줄일 수가 있습니다.

모든 예방법 들은 인터넷을 통해 쉽게 검색 가능하지만, 제가 적어놓은 것들은 실제 제가 임상에서 경험하고 쌓은 노하우를 풀었습니다. 환자들이 가장 궁금해하는 것이기도 하고요. 아마도 검색해서는 찾기 힘들 거예요. 나온다면 그건 제 블로그 일 겁니다.

중요한 건 평상시에 바른 자세를 유지하는 거예요. 쉽지 않겠지만 직립 보행하는 인간으로서 디스크와 일자목, 거북목은 함께 갈 수밖에 없는 질병입니다. 그러니 더더욱 제대로 예방법을 알고 지켜나가야겠지요? 모두 바른 자세로 건강한 목, 허리를 유지하시길 바랍니다.

쫄지 말고 뻔뻔하게 살아라

초판인쇄	2023년 12월 07일
초판발행	2023년 12월 14일

지은이	강희주
발행인	조현수
펴낸곳	도서출판 더로드
마케팅	최관호 최문섭
IT 마케팅	조용재
교정교열	이승득
디자인 디렉터	오종국 Design CREO

ADD	경기도 파주시 초롱꽃로17 305동 205호
물류센터	경기도 파주시 산남동 693-1 1동
전화	031-942-5364, 031-942-5366
팩스	031-942-5368
이메일	provence70@naver.com
등록번호	제2015-000135호
등록	2015년 06월 18일

정가 16,800원
ISBN 979-11-6338-426-7 03810

혹시 지금 인생이 힘든가?
나에게만 인생의 모든 불행이
들이닥친 것만 같은가?
아니다.
잠시의 멈춤일 뿐 곧 좋아질 것이다.
당신이 포기하지 않는 한
결국 원하는 것을 얻게 될 것이다.
당신의 뻔뻔함을 응원한다.